— 書き下ろし長編官能小説 —

ハーレムは閉ざされた山荘に

九坂久太郎

JN043183

竹書房ラブロマン文庫

目次

この作品は、竹書房ラブロマン文庫のために
書き下ろされたものです。

第一章　山深き山荘の初夜

1

「ひいぃ、なんて寒さだ……！」

タクシーを降りた寺西和哉《てらにしかずや》は、たまらず身を震わせる。

周囲は一面の雪に覆《おお》われていた。この日のために買ったスノーブーツが、十センチ以上、雪の中に埋まっている。辺りに立ち並ぶ杉の木も、緑の部分がほとんど白で隠れていた。

しかもここは山の中。東北地方の中央を南北に貫《つらぬ》く奥羽山脈——その連なりの中にあって、山形県内に位置するとある山の五合目なのである。山中の空気は、同じく雪が積もっていたふもとよりもさらに冷えていた。

二月の中旬という一年で最も寒い時期に、和哉がこんな雪山にやってきたのは、スキーやスノーボードが目的というわけではなかった。Uターンして帰っていくタクシーを見送った和哉は、振り返って、その建物を見上げた。

「さすがお金持ちの別荘。立派な山荘だなぁ」

感嘆の呟きが白い湯気になって、冷気と共に流れていく。

雪化粧された三角屋根、木製の壁と太い柱。その大きな山荘は、おしゃれなコテージのようでありながら、由緒ある豪邸の如き風格も漂《ただよ》わせていて、庶民の和哉には少々近寄りがたい雰囲気があった。こんな建物が、人里離れた山の中にポツンとたたずんでいる様子は、美しくもあり、どこか異様でもあった。

和哉がこの雪山に来た理由――

それは、この山荘にいる人たちと会うためだった。その人たちを騙《だま》すためにやってきたのである。

しかし和哉は、詐欺師の類《たぐ》いではない。二十歳の大学二年生。どこにでもいそうな、ごく平凡な青年だ。

神奈川県に住み、地元の大学に通う和哉は、そこでのサークル活動として〝漫画研究部〟に所属している。とはいっても、漫画やアニメにどっぷりと嵌《は》まっているようなコアなオタクではなく、あくまで趣味の一つとして楽しんでいる程度の、普通の漫画好きだった。

その漫画研究部の部室で、和哉は町園詠美《まちぞのえいみ》と知り合った。

詠美は漫画研究部のＯＧで、住んでいるマンションがこの大学から近いらしく、ときどき部室に遊びに来るのである。和哉より六歳年上のお姉さんで、ショートカットがよく似合う、明るく可愛らしい人だった。

人懐っこい彼女は、新入部員だった和哉にも気さくに話しかけてくれた。これまで女性と付き合った経験のない和哉は、それだけでちょっとドキドキしたものだ。

ただ、それ以上の感情を抱くには至らなかった。和哉は大人の女性が好みであり、詠美はまさに年上だったが、明るく元気な彼女はどこか子供っぽくもあって、同い年の女子とさほど変わらない感じだったのだ。

それに加えて詠美は――まだ駆け出しだが、有名な少年漫画雑誌に読み切り作品が掲載されたこともある漫画家だった。漫画好きの和哉としては、プロの漫画家である詠美は、まるで雲の上の人のように思えたのである。だから恋愛対象ではなく、純粋にサークルの先輩として尊敬していた。

その詠美が、今から一週間前に部室にやってきて、こう言ったのだ。

「誰か、あたしの彼氏になって！」

部室にいた一同は皆ギョッとしたが、詳しい話を聞いて納得した。なんでも詠美は、青森の実家から、お見合いをするように言われたのだそうだ。それを断るために、偽《にせ》の彼氏が必要なのだという。

詠美の実家は、東北ではわりと有名な地方スーパーを経営していて、かなりのお金持ちなのだそうだ。つまり詠美は、いわゆるお嬢様だった。そんな娘が漫画家を目指し、二十六になってもフリーターのような生活をしているというのは、彼女の両親にしてみると、なんとも〝世間体が悪い〟ことだったのだ。

だから、せめて結婚しなさいと、詠美は言われたという。

しかし詠美は、今は漫画家の道に専念したい、まだまだ結婚などしたくないと思い、お見合いの話を断った。ただ、それでも両親は納得してくれなかったので、「結婚を前提に付き合っている彼氏がいるから絶対無理！」と言ってしまった。

すると、「じゃあ、その彼氏に会わせなさい」ということになった。

それで詠美は困ってしまった。なぜなら本当は、結婚を前提にした彼氏などいなかったのだから。

いや、彼氏自体は、かつてはいたのだそうだ。しかし二か月ほど前に、その彼氏の浮気が原因で喧嘩別れしてしまったという。

　仕方がないので、詠美は偽の彼氏を立てることにした。つまり、詠美の両親を〝騙す〟ために、彼氏役を務めてくれる人を探しているというわけである。

「ね、お願い。なんだったらお金も払うから、誰かやってくれない？」と詠美は言ったが、和哉を始め、その場にいた漫画研究部員の中で、引き受けようという者はいなかった。

　漫画好き、アニメ好きのオタクにもいろんな人間がいるだろうが、この漫画研究部の男子部員は、ほとんどが女性に免疫《めんえき》のない草食系男子ばかりだったのだ。一度も彼女がいたことのない童貞の自分に彼氏役など務まるわけがないと、その場にいた男たちは皆思ったのだろう。和哉もそうだった。

「なによぉ、誰もやってくれないの？　たとえ〝役〟でも、あたしなんかが彼女じゃ嫌ってこと？」

　詠美は子供みたいに頬《ほお》を膨《ふく》らませる。瞳には、うっすらと涙が浮かんでいるように見えた。和哉は彼女が可哀想になって、「そ、そういうわけじゃないですよ」と言った。自分が口火を切れば、他の部員たちも彼女を慰めるだろうと思った。

　ところが、誰も和哉に続いてくれなかった。

詠美は勢いよく振り向いて、唯一の発言者である和哉を見据えてくる。

そして顔いっぱいに笑みを浮かべた。「ほんと？　ええと、寺西くんだよね。じゃあ、君が彼氏役をやってくれるのね。ありがとう！」

和哉はギュッと手を握られた。初めて異性に手を握られた童貞男子は、瞬《また》く間《ま》に頭に血が上って、思わず「はい」と頷《うなず》いてしまったのだった。こうして今に至るわけである。

和哉はザクザクと雪を踏み締めながら歩き、高床式の山荘の階段を上って、ウッドデッキの玄関ポーチに立った。

玄関の扉の前には、風除室という、建物の中に風雪が入り込むのを防ぐための小さな部屋がある。ガラス窓から風除室を覗《のぞ》き込むと、インターホンも中に設置されていた。和哉は風除室《ふうじょしつ》の引き戸を開けようとするが、伸ばした手を躊躇《ためら》わせる。

(彼氏の役を演じて、町園さんのご両親を騙す……そんなこと、本当に僕にできるのかな……？)

この期《ご》に及んで、まだ不安が込み上げてくる。一人なのが心細かった。

本来ならば、詠美と一緒にこの山荘へ来る予定だった。ところが今日になって、詠美に急な仕事が入ってしまったのだ。横浜駅で待ち合わせをし、二人で東京駅まで電車に乗って、そこから新幹線のホームに向かおうとしたまさにそのとき、出版社の編集者から詠美に電話がかかってきた。ある漫画家の執筆作業が大幅に遅れていて、このままでは印刷に間に合わなくなるから、詠美に臨時アシスタントに入ってほしいという話だった。今すぐに、その漫画家先生の家に向かってほしいという。

なんとも急な話だったが、いろいろと面倒を見てもらっている編集者からのお願いということで、詠美は悩みながらも引き受けた。

そして詠美は、実家に電話をかけて事情を説明した。すると向こうは、それなら和哉だけでも来させなさいと言ってきた。詠美はグリーン席の切符をあらかじめ購入していたのだが、グリーン席の切符を発車直前のこの時間に払い戻してもらおうとすると、結構な手数料を取られるのである。それはもったいないから、「あなたの彼氏だけ、その切符で先に来ればいいでしょう」と。

臨時アシスタントの仕事は二、三日で終わるらしいので、詠美はその後に行くこととなった。こうして和哉だけが、この山荘にやってきたのだった。

(ああ、寒い。いつまでもこんなところに立ってるわけにはいかない)

今は雪は降っていないが、ときおり吹きつけてくる冷たい風は、ダウンジャケットの襟元《えりもと》からも容赦なく入り込んでくる。旅行の荷物を詰めた背中のリュックも早く下ろしたかった。

和哉は意を決して、風除室の中へと入る。引き戸を閉めて冷風を遮《さえぎ》れば、それだけでだいぶ暖かさを感じられるようになった。和哉は何度か深呼吸をしてから、いよいよインターホンのボタンを押した。

少し待つ。『はい、どちら様ですか？』と、インターホンのスピーカーから女性の声が流れてくる。和哉が名乗ると、すぐに向こうは了解してくれて、ほどなくすると玄関の扉が開いた。

現れたのは、三十代の半ばくらいと思われる女性だった。

とても綺麗な人で、年上好みの和哉は思わず目を奪われた。

顎のラインのすっきりした瓜実顔《うりざねがお》。すっと伸びた鼻筋。黒々としたまつ毛に飾られた瞳は、切れ長の、少し吊り上がり気味で、その眼差しはどこか鋭い。厳しい人、怒ったら怖い人という印象だ。だが、これだけ綺麗な人なら、おそらく怒った顔も美しいだろうから、ちょっと見てみたい気もする。

ニットセーターにロングスカートという装《よそお》いの彼女だが、その美貌は純和風のもので、きっと着物姿がよく似合うことだろう。つややかな黒髪が、頭の後ろでまとめられており、実に大人っぽい色香を漂わせていた。

（まさか、この人が町園さんのお母さんではないよな。いくらなんでも若すぎる）

初対面の女性をまじまじと見つめるのは不躾《ぶしつけ》なのだろうが、一方、彼女は彼女で、目を丸くしてじっと和哉を見ていた。

「え……あ、あなたが詠美とお付き合いをしている方ですか……？」

なにやら驚いている様子である。二十六歳の詠美が〝結婚を前提にして付き合っている〟というのだから、もっと年上の男がやってくると思っていたのだろう。

ただでさえ和哉は童顔で、学生服を着ていた頃と見た目もほとんど変わっていない。こんな若造が来るとは、彼女も、夢にも思っていなかったに違いない。

「はい……寺西和哉です。初めまして」

和哉は改めて名乗り、よろしくお願いしますと、深くお辞儀をした。

すると我に返ったようにハッとして、彼女も自己紹介をする。

「町園恵《めぐみ》です。詠美の姉です。きょ、今日は遠いところ、わざわざ……」

恵も丁寧に頭を下げた。美しい所作、上品なお辞儀だった。

彼女の身長は、女性の平均より少々高めというくらいだったが、背筋がまっすぐに伸びた、その隙のない立ち姿には、まるで学校の先生のような威厳や、威圧感のようなものすら感じられる。

それに加えて、ニットセーターの胸元が大きく膨らんでいた。厚手のゆったりとしたセーターだったが、その内側に隠れているものの大きさは充分にうかがえた。

恵がスリッパを用意してくれている間も、和哉はチラリチラリと、つい彼女の膨らみに目をやってしまう。バレたら大変なことになる、「あなたのようなふしだらな男が、うちの詠美と結婚するなんて許しません！」と追い出されてしまうかもしれない

――そう思って、和哉は懸命に視線を逸《そ》らそうとした。

と、そのとき、玄関前の廊下の奥から、楽しげな声と足音が近づいてくる。

現れたのは二人の女性だった。二人とも、詠美の姉だと自己紹介した。詠美は四姉妹の末っ子だったのだ。

「君が寺西和哉くん？　まあ、ずいぶんと若い子が来たわねぇ。詠美ってば年上好きだと思っていたけど、男の趣味が変わったのかしら」

次女の承子《しょうこ》が、ポニーテールを揺らしながらフランクに話しかけてくる。きらきら光る大きな瞳に、悪戯《いたずら》好きの少年のような笑みを浮かべ、興味津々《しんしん》といった様子で、和哉の頭のてっぺんから爪先までを眺めてきた。

承子もなかなかの美人である。ただ、ぱっちりとした目元は、恵とはまったく違う雰囲気の魅力を放っていた。姉妹の中でも、おそらく父親似と母親似で分かれている

のだろう。

承子は四女の詠美と顔立ちが似ており、そして三女の絵里は、大和撫子タイプの恵に近い美貌だった。肩を撫でるような黒髪の、つややかな光沢がなんとも美しい。

しかし顔は似ていても、絵里の性格は、長女の恵とはだいぶ違うようである。気弱そうに眉尻を下げた表情で、承子の後ろに隠れるようにしながらおずおずと頭を下げてきた絵里は、なんとも男の庇護欲《ひごよく》をくすぐるタイプだった。ほっそりとした首に、華奢《きゃしゃ》な撫で肩が、いかにも幸薄《さちうす》そうな印象を醸《かも》していた。

（それぞれ雰囲気は違うけど、三人ともみんな凄い美人だ）

詠美は美しいというよりも可愛いという感じだが、やはり顔立ちは綺麗に整っている。つまり美人四姉妹というわけである。

やはりお金持ちは、相手のルックスを選んで結婚できるから、美形のＤＮＡがどんどん濃くなっていくのかもしれない――そんな思いが浮かんで、庶民の和哉はちょっと切なくなった。

ひととおりの挨拶《あいさつ》が終わると、次女の承子が、和哉の部屋まで案内してくれるという。これから数日間、和哉は詠美の彼氏として、この山荘に泊めてもらうことになるのだ。

玄関を後にし、二人きりで廊下を歩く。

すると和哉は、今度は承子の胸元が気になってしまった。

和哉は淫気《いんき》みなぎる年頃であるが、しかし、そのせいだけではない。なにしろ承子の胸元は、長女の恵よりもさらに大きく膨らんでいたのだ。しかも承子は、身体にぴったり張りつくような、薄手のタイトなニットセーターを着ていた。女の膨らみがありありと浮き出ているのだ。

（なんて大きさだ。まるでセーターの下にメロンを二つ隠しているみたいな……。これは相当の爆乳だろう）

ただ歩いているだけで、ゆさゆさと揺れる魅惑の膨らみ。

男として目をやらずにはいられない。だが承子は、会話の相手の顔をしっかりと見てくるタイプで、今も他愛ない話をしながらずっとこちらに顔を向けている。ふしだらな視線にはすぐ気づくだろう。

和哉は頭の中から必死に爆乳を振り払い、なんとか気持ちを切り替えようとする。

「いやぁ……それにしても立派な山荘ですね」

承子はにっこりと笑った。「ありがとう。でも、神奈川からだと遠かったでしょう。私も東京だから、ここまで来るだけで、くたくたになっちゃったわ」

町園家の実家は青森だが、彼女は結婚して、東京に住んでいるという。それでも毎年二月には、この山荘にやってくる。それがこの家の習慣なのだそうだ。

町園家は地方スーパーの経営をしていて、年末年始はまさに書き入れ時。そのため、正月に身内で集まることがなかなか難しい。だからスーパーの仕事が一息ついた二月に、この山荘に集まることになっていた。

里帰りを面倒くさがる詠美も、年に一度の家族行事には参加していた。だから、その機会に彼氏を連れてきなさいということになったのだとか。

ただ、現在、この山荘に来ているのは、まだ詠美の姉の三人だけだという。姉妹たちの両親は、明日の夕方ごろの到着になるらしい。姉妹たちの夫や子供なども同様だとか。

今日は二月半ばの金曜日。すでに春休みに入っている大学生の和哉と違い、平日は仕事の社会人や、小学生から高校生までの子供にしてみれば、別荘に出かけるなど難しいのだ。

「え……じゃあお姉さん方だけ、先にこの山荘に来たんですか？」

「ええ、そうよ。管理サービスの人にお願いしているから、山荘の掃除や手入れは、普段から一応してもらっているけど、大勢の人間が集まって泊まるとなると、自分たちでしないといけない準備とかがいろいろあるの」

四姉妹でそれをするのが、町園家の毎年の決まりなのだそうだ。

「それなら、僕もなにかお手伝いします」

今の和哉は詠美の〝彼氏〟なのである。好印象を持ってもらえるように努めるべきだろうと思った。だが、承子は微笑みながら手を振った。

「ううん、いいのいいの。私たちの仕事なんだから。和哉くんは部屋でゆっくりしていて。晩ご飯が出来たら呼びに行くからね」

こういうとき、「いや、僕だけなんにもしないなんて申し訳ないですよ」と食い下がるべきか、和哉は少し悩んだ。彼女の言葉を鵜呑《うの》みにしたら、陰で「いいって言われても、普通はなにか手伝うわよね。和哉くんって気が利《き》かない子ね」と言われるかもしれない。しかし、この山荘の勝手をわかっていない和哉が下手《へた》に手伝おうとしても、逆に迷惑になってしまうかもしれない。

悩んだが、まだ人生経験の乏しい和哉に答えは出せなかった。そして和哉を部屋まで案内した承子は、それじゃあねと笑顔で言って、さっさと戻っていってしまった。

(まあ、手伝わなくていいって言ってるんだから……いいんだよな)

和哉は、自分にあてがわれた部屋へと入る。この山荘では、暖房にセントラルヒーティングを使用しているようだ。ボイラーで熱した温水が建物中を巡っているのだろう。おかげで部屋の中も快適な温度に暖まっていた。和哉は背中のリュックを下ろし、ダウンジャケットを脱いで、備え付けのクローゼットに掛ける。

ダークブラウンの木の床と天井に、白い壁がよく映える、美しい部屋だった。二人部屋らしくベッドが二台あり、広さは十畳以上ありそうだが、落ち着いた配色のおかげで、一人でいても寂《さび》しさのようなものは感じなかった。

「おしゃれだし、居心地がいいし、こんなところにタダで泊まれるなんてラッキーだな」

彼氏役の重責も忘れ、リゾート気分になって、和哉は片方のベッドに腰を下ろした。マットレスの弾力《だんりょく》は実に上品で、硬すぎず柔らかすぎず、試しに仰向《あおむ》けになってみると、思わず「おおぉ」と唸ってしまうほど心地良い。

この山荘に来るまで、新幹線やタクシーの座席に座りっぱなしの移動だったが、それでもやはり疲れるものである。和哉はスマホをいじりながらベッドでごろごろし、ときにうとうとしていると、いつしか夕食の時間になっていた。

承子が呼びに来てくれて、彼女の案内でダイニングへ向かった。二十畳ほどの広々としたダイニングには、縦長の豪華なテーブルが二台も置かれていた。一度に二十人ほど座れるだろうか。町園家の人々が一堂に会するには、これだけの広さが必要なのだろう。

片方のテーブルの片隅《かたすみ》に、すでに恵と絵里が着席していた。承子と和哉も席に着き、早速、夕食が始まる。

家族の皆が集まる明日にご馳走を作るらしく、今夜のメニューは、彼女たちがここに来る途中にスーパーなどで買ってきたという惣菜が中心だった。

しかし和哉としては、美女たちに囲まれての食事というだけで充分に心が躍った。承子に勧められて、ビールも少々頂いた。楽しく食事をしながら、詠美との付き合いについて根掘り葉掘り尋ねられる。

どこで知り合ったの？　告白はどっちから？　詠美のどこが好きなの？

和哉は事前に詠美と話し合い、この手の質問に対する口裏合わせをしていた。アルコールで口が滑らないように注意しながら、一つ一つ質問に答えていく。

女性というものはいくつになっても他人の恋バナが好きなようで、承子は女子高生のようにキャッキャッとはしゃぎ、人見知りっぽい絵里も、和哉の話に興味を持ってくれて、少しずつ言葉を交わすようになった。恵だけは終始無言のまま、その美貌はピクリともしなかったが、それが逆に、和哉の話を傾聴しているようだった。

ただ、アルコールと恋バナでヒートアップした承子が、

「若いっていいわねー。私もあと十歳若かったら……あ、ねえねえ和哉くん、私って

いくつに見える？　わからない？　ふふふ、もう三十四よ」

そのついでに恵と絵里の年齢までバラしてしまったときには、恵は目尻を吊り上げて——和哉の思ったとおり、そんな怒りの表情もまた実に美しかったが——調子に乗った妹をジロッと睨みつけた。ちなみに恵は三十七歳で、絵里は三十歳だそうだ。

（三人とも、もっと若いと思ってた。女の人の年齢ってわからないものだな）

全員結婚していて、承子は二人、恵はなんと四人も子供がいるという。それにもかかわらず、所帯じみたところがまったくない。裕福な家の女性というのは、一般庶民とはまるで違う人生を送っているのだろうなと、和哉は思った。

そして、気がつけば午後十時過ぎ。楽しいひとときもお開きとなる。

彼女たち三人の後で、和哉は風呂を頂いた。恵からは先に入るように促されたのだが、彼氏役として彼女たちを騙している負い目から、さすがに一番風呂をもらうのは気が引けたのだ。

姉妹たちは三人一緒に入浴した。それだけ浴室が広いのだ。彼女たちの後に風呂に入った和哉は、それを実感した。三人どころか四人でも充分入れそうな、大きな浴室

だった。湯船に面して設けられたガラス窓も大きく、曇り止めの仕掛けがあるようで、立ち並ぶ木々の向こうに、星々のような光をちりばめた麓《ふもと》の夜景が広がっていた。いつしか雪が降りだしていて、ときおり吹く風に優雅に舞っていた。

まるで自分も大金持ちになったみたいな気分で、和哉はその立派な浴室を独り占めし、素晴らしい眺めに見とれながら湯船に浸《つ》かった。

身体の芯まで温まり、自室に戻ってベッドに入ると、すぐに眠気がやってくる。

ふかふかの布団とマットレスのおかげで、まるで天にも昇るような心持ち――。

時刻は深夜の零時になろうという頃。

この後、とんでもない事件が自分の身に起こるなど、このときの和哉は夢にも思っていなかった。

2

和哉がハッと目を覚ますと、部屋の中は真っ暗だった。

相変わらず雪が降っていて、空が雲に覆われているのか、カーテンの隙間から射し込んでくる月明りも星明りもなかった。室内は完全な暗闇だった。

きっとまだ夜明け前なのだろう。しかし、慣れない環境のせいで眠りが浅くなってしまったわけではない。

和哉は下半身に奇妙な感覚を覚えていた。寝る前は確かにパジャマのズボンを穿《は》いていたのに、今はなぜか布団やシーツの感触を直《じか》に感じるのだ。

そしてなにより――陰茎が気持ち良かった。

ズボンだけでなくパンツもなくなっていて、剝《む》き出《だ》しになったペニスの裏側をなにかが擦《こす》り上げているのである。

ゾクゾクと快感が込み上げてくる。これが目を覚ましてしまった原因だろう。

「だ……誰です……!?」

和哉は暗闇に向かって呼びかけた。誰かがいるのは間違いない。誰かが布団の中に潜り込んでいるのだ。ペニスの表面に、鼻息と思われる生暖かい空気が吹きつけられた。

しかし返事はなかった。男性器を甘やかに擦る行為だけが延々と続けられる。

(僕は、なにをされているんだ？)

混乱する頭で和哉は考えた。ペニスを擦り上げているものの正体はなんだろう？

柔らかく、温かく、ヌルッとしている。

思いつくものは一つだった。舌だ。

(チ×ポを舌で舐《な》められている……フェラチオされている……!)

陰茎を握り起こしている手の感触にも気づいた。

そしてまた最初の疑問に戻る。いったい誰が、自分のペニスに口淫を施《ほどこ》しているのか？　もちろん、あの姉妹たちの誰かだろう。今、この山荘には、他に誰もいないのだから。

「しょ……承子さん？」

あれだけの胸の大きさなら、きっとエッチ好きだろう――そんな思い込みから、和哉は問いかけてみた。なにより、あの真面目そうな恵や、内気そうな絵里が、こんなことをするとは思えない。

だが、やはり答えは返ってこなかった。

(なんで答えてくれない？　この人は……いったいどういうつもりなんだ？)

深夜に男の部屋に侵入し、無言でフェラチオを続けている。そんな相手の気持ちが、和哉にはわからなかった。だんだんと怖くなってくる。

なにを考えているかわからない相手に、男の急所を支配されているのだ。もしかしたら次の瞬間、ガブッと嚙みつかれるかもしれない。そんなことを考えると、胸の内に不安と恐怖が込み上げてきた。

しかし、否定しようのない快感があるのも事実。ぬめる粘膜に、裏筋が丹念に擦られて、ペニスの芯がじわじわと痺《しび》れてくる。恐怖と快感——和哉は混乱のあまり、掛け布団をめくり返すこともできなかった。無防備に股を広げ、男のシンボルを相手のなすがままにさせ続けた。

脈打ち、引《ひ》き攣《つ》り、疼《うず》くペニス。勃起《ぼっき》しているのは明らかだ。きっと幹も亀頭も限界まで張り詰めていることだろう。先走った熱いものが、快美感を伴《ともな》って尿道を駆け抜けた。

布団の中の女は、さらに隅々まで亀頭を舐め回す。唾液《だえき》にまみれた亀頭に、彼女の鼻息が当たると、ちょっとだけひんやりして、それもまた気持ち良かった。

「はあっ……う、ううぅ」

じわりと射精感が高まって、思わず情けない声を漏《も》らしてしまう。

すると、彼女の鼻息が、少し強めに吹きつけてきた。ふふっと笑ったみたいに、和哉には思えた。

次の瞬間、雁《カリ》のくびれがなにかに締めつけられる。指の感触ではない。もっと柔らかくて弾力のあるものが、雁首にギュッと食い込んできたのだ。

（これは……咥《くわ》えられた⁉）

ペニスの先端が、これまでよりさらに熱い空間に閉じ込められていた。柔らかくて弾力のあるものが往復を始め、緩《ゆる》やかに雁首を擦りだす。亀頭にはヌメヌメしたもの——舌が、まるで大きなナメクジのようにねっとりと絡《から》みついてきた。見えなくてもわかる。しゃぶられているのだ。

耳を澄ませば、クチュクチュ、チュプチュプと、淫靡《いんび》な水音が聞こえてきた。何者かが亀頭を舐め擦りながら、固く締めた唇で雁首をしごいている。首振りの振動がマットレスを経て、和哉の身体にも伝わってきた。

（ああ……フェラチオって、なんて気持ちいいんだ）

この山荘にいる間はオナニーなどできないかもしれないと、和哉は昨日の夜、自宅でたっぷりと抜いてきたのだった。しかし、それでもみるみる射精感は募っていく。口淫の愉悦《ゆえつ》は、手コキなどとは比べものにならなかった。

「あぁっ……で、出ちゃいますよ」

限界が間近であることを、布団の中の相手に告げた。だが彼女は、オシャブリをやめるどころか、ますます激しく唇でしごき立ててくる。まるで別の生き物のように舌を蠢《うごめ》かせてくる。荒ぶる舌は、ペニスの急所である亀頭や裏筋を的確に責め立ててきた。

(じょ、上手すぎる……。このまま出しちゃっていいってことか……⁉)

さらには、ペニスを握っていた相手の手が、シコシコと根元を摩擦してくるのだった。もはや悩んでいる時間などなく、和哉は昇り詰めてしまう。

「も、もう駄目……あっ、ううう―っ‼」

ビクンビクンと腰が跳ね上がり、そのたびに熱いものが尿道を駆け抜け、快感がほとばしった。

布団の中の女が、微《かす》かな声で苦しげに呻《うめ》く。だが、彼女はペニスを吐き出さなかった。和哉の射精をすべて受け止めてくれた。

(口の中に出してるんだ、僕……！)

AVなどではお馴染みの口内射精。和哉も憧れていたその行為を実際に体験し、感動が込み上げてくる。この目で、その瞬間を見られないことだけが残念だった。

やがて射精の発作は収まり、真っ暗闇の中に和哉の喘《あえ》ぎだけが響く。

布団の中の女は、未だペニスの先を咥え、最後の一滴《いってき》まで吸い出そうとしていた。幹の根元に巻きつけた指で、上に向かって何度もしごき、尿道内に溜まっていたものを残らず搾《しぼ》り取《と》る。

る。

（僕の精液、飲んだのかな……？）

飲まずに吐き出すつもりなら、ここまで徹底的に搾り取ろうとはしないだろう。きっと飲んでくれたのだ。初フェラに続く、初ゴックンの感動に、和哉は胸を高鳴らせる。

尿道内の残滓《ざんし》を吸い尽くすと、彼女は、再びペニスに柔らかな粘膜を這わせてきた。ただ、今度は先ほどよりもずっとソフトなタッチで、射精直後の敏感な男性器を慈《いつく》しむような、労《ねぎら》うような、優しい摩擦感がもたらされた。

（くすぐったくて、ムズムズするような……でも気持ちいい）

おそらく布団の中の女は、ザーメンと唾液にまみれた陰茎を舐め清めてくれているのだ。いわゆるお掃除フェラというやつである。

うっとりするような感覚に和哉は酔いしれる。布団の中の女は、未だ顔もわからぬままだが、少なくとも危険な存在ではないと思えた。愛撫に込められたその者の温かさが、ペニスを通して伝わってくるようだった。

やがて過敏な状態を乗り越えた陰茎は、再び充血し、たちまち完全回復する。

と、不意に掛け布団がずり下がっていった。

布団の中の人が身体を起こしたのだと、和哉は気づいた。さらに掛け布団は大きくめくられ、和哉の身体から完全に剝《は》がされてしまう。セントラルヒーティングが二十四時間稼働しているおかげで、寒さは特に感じなかった。

和哉は仰臥《ぎょうが》の体勢で首を持ち上げ、闇を見据える。

目が覚めてから、五分は経っていると思われた。そろそろ暗闇に目が慣れてきてもいいはずである。しかし、掛け布団を頭から被る形になっているためか、侵入者の姿はさっぱりわからなかった。相手の身体の輪郭すら判別できない。

ふと下腹になにかが触れる。相手の掌と思われるものが、和哉の腹部から脇腹へ、さらにその周辺をまさぐってきた。向こうもなにも見えないはずなので、きっと手探りでなにかを確認しているのだろうと、和哉は思った。

マットレスが小さく揺れる。侵入者がベッドの上を移動しているのがわかった。ということは、さっきのあれは、和哉の身体を踏みつけてしまわないように手探りで位置を確認していたのではないだろうか。

（今度は、なにをするつもりだ……？）

最初は、相手がなにを考えているのかわからないことに恐怖すら覚えたが、今は期待に胸がときめいた。

と、次の瞬間、丸みを帯びた大きなものが和哉の腰に乗っかってくる。突然のことにびっくりしたが、しばらくして、侵入者の女が和哉の腰にまたがってきたのだと理解した。

和哉の太腿に、心地良い弾力の二つの丸みが乗っかっている。尻だと思って間違いないだろう。ずっしりとした重みだ。そのボリュームと柔らかさから、かなりの熟《う》れ具合が想像できた。

(承子さんは、オッパイだけじゃなくお尻も大きかったけど……いや、大きさだったら恵さんも負けてなかった……)

侵入者は騎乗位の体勢で和哉をまたいでいるが、まだ挿入はされていない。

ペニスは和哉の下腹に張りついた状態で、相手の股座《またぐら》にプレスされていた。掌と思われるものが、和哉の腹部に押し当てられた。彼女が騎乗位の体勢を支えるために、両手をついてきたのだ。それがわかったときには、艶《なま》めかしい摩擦が始まっていた。

(チ×ポの裏が、擦られる……！)

温かく、柔らかくてヌルヌルしたもの。それがペニスの裏側を包み込むようにしながら、ゆっくりと、前後に往復しているのだ。

陰茎を横から咥えて唇を滑らせるハーモニカフェラ——それを思わせる感覚だった

が、騎乗位でまたがれている今、ペニスを咥えているのは、上の方ではなく、下の口だろう。

素股《すまた》と呼ばれる、男と女の性器を擦り合わせる行為。それをされているのだ。

「き……気持ちいい……くうぅ」

相手の股間はたっぷりの粘液に潤《うるお》っていて、ペニスの根元から雁首までをスムーズに摩擦してくる。湧き上がる肉悦に、和哉は恍惚《こうこつ》の吐息を漏らした。

(この人、僕のチ×ポをしゃぶっただけで、こんなに濡れちゃったのか？　あるいはチ×ポをしゃぶりながら、密かに自分のオマ×コもいじっていたのかも……ああ、なんていやらしい)

真っ暗でなにも見えないと、その分、他の感覚が鋭くなるのかもしれない。ヌチャヌチャという淫《みだ》らな肉擦《にくず》れの音に交じって、相手の艶《なま》めかしい息遣いが、妙にはっきりと聞き取れた。互いの性器を擦り合わせているのだから、和哉だけでなく、向こうも愉悦を感じているのだろう。

彼女の股間はさらに淫蜜を溢《あふ》れさせ、ペニスをしとどに濡らしていく。肉のスリットの内側にある、柔らかなゴムのような感触をした部分が、往復運動に合わせてグニャグニャと形を変え、べったりと幹に絡みついてくるのだった。

また、和哉のペニスは、小さな突起の存在も感じていた。コリッとした感触のそれに裏筋を擦られると、たまらず新たな先走り汁をちびってしまう。一方で侵入者も、その吐息をますます熱く乱れさせていった。

素股の往復も荒々しく加速し、その振動でベッドが軽く軋《きし》む。

濡れ肉の擦れる粘っこい音は、今や部屋の外まで漏れてしまいそうなほど響いていた。そして、なにやら甘酸っぱい匂いが漂ってくる。初めて嗅ぐ匂いだったが、まるで媚薬《びやく》のように牡《おす》の情欲を煽《あお》り立てる、不思議で妖しい香りだった。

それを胸一杯に吸い込んだ。女肉との摩擦快感にうっとりと浸《ひた》りながら、和哉は闇を見つめ続けた。

すると、若牡の腰にまたがり、はしたなくも腰をくねらせている女体が見えてくるような気がした。

しかし、実際は見えていない。淫らに躍る女体のイメージが、幻覚の如く闇の中に浮かび上がっているだけだ。

それでも和哉は手を伸ばさずにはいられなかった。素股の動きに合わせてタプタプと揺れる女の膨らみ、乳房の幻影へ――

すると、左右の掌に柔らかなものが触れた。たやすく指が埋まるほどの、信じられないくらい柔らかな二つの丸み。牡の本能で瞬時に理解する、和哉の手は、まさにその女の乳房を捉えたのだ。

（なんて柔らかさだ。それに……おっきい！）

片手にはとても収まらぬほどの大きな膨らみだった。和哉は夢中になって二つの膨らみを揉《も》みしだく。初めての乳房の感触に、感動と興奮が込み上げる。

揉んではその柔らかさを、撫でてはそのなめらかさを掌で味わっていると、突起のようなものに指が触れた。乳首だ。

指先でさすってみると、和哉にまたがる女体がビクッと震えた。

優しく上下に転がしてやると、侵入者の吐息はさらに悩ましげになり、突起はムクムクと膨らんで硬くなっていった。

（ここも、勃起するんだな）

和哉は親指と人差し指で、肥大した突起をキュッとつまんでみる。

またしても女体は打ち震え、ンンッと、必死に押し殺したような呻き声も聞こえた。

和哉は嬉しくなって、さらに突起をいじろうとする。今度は押し殺せないくらいの媚声を出させてやりたい——という悪戯心もあった。それに声を聞けば、この侵入者の正体もわかるに違いない。

すると、そんな思惑を見透かしたかのように、闇の中の女は和哉の両手をやんわりと払いのけた。

そして豊かな双臀が浮き上がり、濡れ肉のスリットが陰茎から離れていく。しまったと、和哉は思った。余計なことをして、相手を怒らせてしまったのかもしれない。せっかくの素股が、これでおしまいなのか？

しかし、そうではなかった。その女は手探りで若勃起をつかみ、垂直《すいちょく》に握り起こした。次の瞬間、ペニスの先端が、柔らかな窪みにあてがわれた。

（この感触……もしかして……⁉）

和哉の胸の内で、期待が一気に膨らむ。果たせるかな、その柔らかな窪みは、肉穴の口だった。それはほんの一瞬、抵抗《ていこう》するような構えを見せたが、すぐに口を大きく広げ、亀頭を咥え込んできた。

自分の性器が、女の身体の中に進入する――人生初のセックスだと確信した和哉は、一生の思い出とするべく、その瞬間を胸に焼きつけようとした。暗闇のせいでなにも見えないのなら、せめてペニスが感じたすべてを記憶しようと思った。

だが、すべてを記憶するような余裕は、一瞬にして失われた。

燃えるように熱く、ヌルヌルと粘液にまみれた肉の穴。その中へ亀頭が潜り込むや、強烈な締めつけが襲ってきたのだ。

「う、うわあっ⁉」

女の穴が〝締まる〟ことは、エロ知識として、童貞だった頃から知っていたが、これほどの力強さとは思ってもみなかった。和哉はつい悲鳴を上げてしまった。

暗闇であるがゆえに、未知の生き物がペニスに食いついてきたような想像が、生々しく脳裏に浮かんだ。

肉穴はさらにペニスを呑み込んでいく。奥へ、奥へ――ついには根元まで咥え込んだ。豊かな二つの丸みが、再び和哉の腰に着座した。

二人の乱れた呼吸の音が聞こえる。強すぎる圧迫感に動揺した和哉だけでなく、闇の中の彼女も、苦しげでありながらどこか艶めかしい深呼吸を繰り返していた。

やがてそれが落ち着いてくると、彼女は和哉の脇腹辺りに手をつき、いよいよ逆ピストン運動を始める。ペニスを締め上げながら、ヌルリヌルリと往復する肉穴。

その摩擦快感は手コキの比ではなく、先ほどのフェラチオすら遙かに超えていた。

（セックスって、オマ×コって……こんなに気持ちいいものだったのか……！）

熱く火照《ほて》った肉穴に温められると、ペニスはさらに充血し、感度を高めていくようだった。逆ピストンで抜き差しされるたび、快感神経を直に擦られているみたいな感じがした。

（こんなに気持ち良かったら、あっという間に……）

ペニスを襲う激悦によって、肉穴の一往復ごとに射精を誘われる。いや、早く射精しなさいと急《せ》き立てられているようだった。

素股によってじわじわと射精感を高めていたイチモツは、たちまち限界へと追い込まれていく。和哉は喘ぎながら、掠れた声を絞り出した。

「うぐぅ……ご、ごめんなさい、もう出ます」

思わず謝ってしまった。つい先ほど、口淫でたっぷりと吐き出したばかりなのに、肉穴への挿入からほんの二、三分で、早くも次の精を漏らしてしまいそうなのだ。謎の侵入者が相手でも、男として申し訳ない気持ちを禁じえなかった。

すると闇の中で、女の幻影が笑った。和哉にはそう見えた。

その直後、逆ピストン運動が加速する。限界間際の和哉にとどめを刺そうとしてか、あるいは少しでも射精を遅らせようと必死にこらえている和哉をいたぶって楽しんでいるのか――。

和哉にはわからなかった。考える余裕などなかった。

苛烈な締めつけにより荒々しくもペニスをしごかれて、とめどなく込み上げる肉悦が、頭の中でスパークし続ける。ゾクゾクするものが幾度も背筋を駆け抜け、身体のあちこちが断末魔のように打ち震える。

「ああっ……また……で、出る、ウウウウッ!!」

ひときわ大きな快感がペニスで弾《はじ》けるや、一度目を越える勢いのザーメンが噴き上がった。一発、二発、三発――。

自分の魂すら一緒に吐き出しているような感覚だった。

真っ白に溶けていく意識の中で、和哉は、女の悩ましげな声を聞いた気がした。

ああ……ん……。

そして、肉仕置きの如き逆ピストンが止まる。射精の発作で陰茎が脈打つたび、和哉の腰に着座した彼女の豊臀がビクッビクッと戦慄《わなな》いた。

やがてペニスの律動も鎮《しず》まり、和哉は両手両足を投げ出して、ぐったりと全身を虚脱させる。校庭一周を全力疾走したみたいに疲れていて、額には汗も浮かんでいた。

カラカラの喉《のど》で、ゼエゼエと喘いだ。

（セックス、したんだ……）

頭の中にはまだもやがかかっている。ついに童貞を卒業したというのに、その実感が今一つ湧いてこなかった。真っ暗闇での初体験という、少々特殊な状況のせいかもしれない。なにしろ和哉の筆下ろしをしてくれた、その相手の顔もわからないのだから、どうにも現実感が湧いてこないのである。もしかして夢でも見ているのではと、むしろ不安な気持ちが込み上げてきた。

そのとき、和哉の脇腹に載っていた侵入者の左右の手が、滑るように上ってきた。胸板を経て、首筋を撫でて、和哉の顔に触れてくる。しっとりと濡れた掌で、頰を挟まれた。

あっと思ったときには、和哉の唇に柔らかなものが押しつけられていた。

柔らかなものは、離れてはまたくっつき、何度もそれを繰り返す。

口づけされているのだとわかるまで、少し時間がかかった。甘い香りを含《ふく》んだ、生暖かい空気が和哉の顔に吹きかかって、それが彼女の吐息だと気づいたのだ。

(…………!)

今まで一度も恋人がいなかった和哉にとって、いうまでもなくファーストキスである。ただでさえ初セックスの衝撃に呆然としていた和哉は、相手のなすがままとなった。彼女は唇と唇を、慈しむように優しく擦り合わせる。和哉の下唇を、上下の唇で挟んで、じゃれつくように引っ張ってくる。

それからヌルヌルとしたものが和哉の口内に滑り込んで、和哉の舌に絡みついてきた。くすぐったくて心地いい感触が、衝撃的だったセックスの余韻を甘く溶かしていった。

（恋人同士がするキスみたいだ……）

口内に流れ込んでくる仄《ほの》かな甘みの液体を、和哉は躊躇うことなく飲み込む。

互いの粘液が混ざり合い、互いの粘膜が交わり合っている。和哉の心へ、初セック

スの実感がようやく込み上げてきた。

（恵さんか、承子さんか、絵里さんか……誰だかわからないけれど……）

童貞卒業の感動と共に、侵入者である彼女への慕情《ぼじょう》がじわじわと高まっていき、和

哉の胸を熱くする。それほど彼女のキスは情熱的だった。

これほど互いの顔が接近していても、やはり和哉にはなにも見えない。

しかし、見えないからこそ、相手の気持ちがはっきりと感じられる。その唇には確

かな愛情が込められていた。和哉にはそう思えた。

やがて彼女の唇が離れていく。和哉は切ない気持ちに駆られるが、彼女の掌が幼子

をなだめるように、そっと頬を撫でてくれた。それだけで和哉は、またうっとりして

しまう。

「あの……どなたなんですか？」

闇に向かって、もう一度問いかけてみた。だが、今度も返事はない。

いっそのこと部屋の電気をつけてしまおうかと思った。しかし、和哉が起き上がろうとする前に――

部屋の扉が開いた。廊下の常夜灯の明かりが微かに射し込んだ。

ハッとして振り向くと、ほんの一瞬、女の後ろ姿が見えた。侵入者はいつの間にかバスローブのようなものを着ていて、滑るように廊下に出ていった。バタンと扉が閉まる。

呆気《あっけ》に取られた和哉は、数秒ほどしてから、慌ててベッドを降りた。暗闇の中、急いで扉へと向かい、なにかに肩をぶつけて、いててと顔をしかめる。手探りでドアレバーをつかみ、部屋の外へ飛び出した。

常夜灯の薄明りにぼんやりと浮かび上がる長い廊下――

そこには、もう誰もいなかった。

第二章　巨峰なる未亡人の淫ら授業

1

（いつの間にか寝ちゃってたのか……）

和哉はスマホのアラーム音で目を覚ました。カーテンの隙間から漏れた陽の光で、室内はうっすらと明るかった。

昨夜、廊下で女を見失った後――和哉は自室に戻ってベッドに潜り込んだが、すぐには寝つけなかった。最後まで正体不明のままいなくなってしまった女のことを、ずっと考えていたからだ。

しかし、いつしか眠りに落ちていたようだ。

ぼんやりとした寝起きの頭で、和哉はまた彼女のことを考える。

（結局、誰だったんだろう。恵さんか、承子さんか、絵里さんか……）

昨夜、ほんの一瞬見えた彼女の後ろ姿。髪の毛は、長かったように思う。だが、それだけでは判断できなかった。長女の恵は後ろ髪をアップにまとめ、次女の承子はポニーテールにしているが、それをほどけばセミロング以上の長さにはなるだろう。そして三女の絵里も、長い黒髪が実に美しかった。

正直、誰が初体験の相手だったとしても、和哉は嬉しく思う。三人とも、和哉好みの年上の美女だったのだから。

むしろ、あんな美女たちの誰かが、本当に自分とセックスしたのだろうか？　と、疑わしく思えてくるくらいだった。資産家のセレブで、美しきマダムである彼女たちが、自分のような庶民の平凡男子とセックスしてくれるものだろうか？

（まさか、全部夢だったんじゃないだろうな……？）

和哉は布団をめくってみる。見てわかるような情交の痕跡は残っていなかった。

だが、微かな匂いが感じられた。四つん這いになって、マットレスのシーツに鼻先を擦りつけるようにすると、明らかに自分の匂いではない、甘酸っぱいアロマが染みついている部分があった。

（これって、愛液ってやつの匂いかな）

ヨーグルトを思わせる甘酸っぱさに、男の情欲をくすぐるフェロモンのようなものを含んだ媚香。馬乗りになった侵入者に素股を施されたとき、同じ匂いを嗅いだ気がする。きっと互いの性器を擦り合わせている最中に、彼女の蜜が飛び散るなりして、シーツに染みついたのだろう。

つまりこの匂いこそ、昨夜のことが夢ではなかった証拠だった。

そうなると、やはり和哉としては、相手が誰だったのか知りたくなる。どうしてセックスをしてくれたのか、その理由も訊《き》いてみたかった。

（でも、逃げるように去っていったってことは、正体がバレたくなかったんだよな）

だとしたら、普通に尋ねても答えてはくれないだろう。そもそも、姉妹の彼女たち一人一人に、「僕とセックスしたのは、あなたですか？」などと質問するわけにもいかない。

（もう一度、あの人とセックスができたら……）

もしもまた夜這いに来てくれたら、そのときはなんとしてでもその顔を確認したいと思った。

明日か明後日には、アシスタントの仕事を終えた詠美が、この山荘にやってくるだろう。恋人同士という設定なのだから、ここで和哉と相部屋になってもおかしくはない。となると、確実なチャンスは今夜だけだ。

（来てくれるかな……？）

和哉としては、それを期待して待つことしかできない。もどかしい思いのままベッドから降り、窓際まで行って、カーテンを開けた。

「え……？」

外の景色に啞然《あぜん》とする。

荒れ狂う白。大粒の雪が風に吹かれて、斜めどころかほぼ真横に流れていた。

信じられない思いの和哉は、窓を少し開けてみる。途端《とたん》に、猛獣の咆哮《ほうこう》を思わせる風の音が室内へと流れ込んできた。

この山荘は、ほとんどの窓が断熱効果の高い二重窓になっている。その二重窓にはかなりの防音効果もあるようで、こんな強風が吹いているとは夢に思わなかった。

和哉は慌てて窓を閉める。ゴウゴウと吹き荒れる風の音は、またほとんど聞こえなくなった。室内は、穏やかな朝を迎えた状態に戻り、吹き込んだ雪の粒はたちまち溶けていった。

「吹雪《ふぶき》の山荘……閉じ込められた……」

窓の外の押し寄せるような白に圧倒されながら、和哉は呆然と呟いていた。

2

ダイニングにはテレビがなかったので、三人の姉妹たちとリビングで朝食を取りながら、皆でニュース番組を観た。地方局の気象ニュースによると、昨夜の日付が変わった頃から徐々に雪と風が強くなり、夜が明ける前には、今のような猛吹雪になっていたそうだ。

姉妹たちの両親を始め、本日この山荘に集まる予定だった町園家の人々は、吹雪が治まるまでは来られないと、揃って連絡してきたという。山荘までの道路にも相当な雪が積もっているだろうから、車を走らせるのは危険なのだ。雪崩《なだれ》の可能性だってあるかもしれない。

当然、和哉たちも麓の町まで戻れなくなったのだが、しかし、こういう事態を想定してか、缶詰などの保存食の備蓄は充分にあるらしく、今ここにいる四人でなら、一か月近くは持ちこたえられるそうだ。

水や電気も止まっていないし、スマホのインターネットも使えている。大学は春休み中なので、そちらも問題なかった。

（むしろ、これはチャンスだ）

気象ニュースによると、この吹雪は、あと二日は続く可能性が高いという。もっと長引いてもおかしくないそうだ。

吹雪で閉ざされた山荘。ミステリー小説なら、いわゆるクローズドサークルという状況だが、外界との往来が断絶されたこの場所で起こったのは、殺人事件ではなく、淫らな夜這いだった。

そして、その〝犯人〟はこの中にいる。

夜這いの女と交わったときの正確な時間はわからないが、おそらくそのときには雪も風も相当強くなっていたと思われる。しかも真夜中で、外は真っ暗だ。そんななか、外部の者がこの山荘に忍び込み、和哉とセックスをして逃げていった——とは到底考えられない。

（昨夜の女の人は、間違いなく今ここにいる三人のうちの誰かだ）

詠美たちがやってくる日が延びれば、その間に、夜這い女の正体をつかむためのヒントをなにか見つけられるかもしれない。あるいは夜這いしてきた女が、また和哉の部屋へ忍び込んでくるかもしれない。

（やっぱり僕は知りたい。初めてのセックスを……初めてのキスをしてくれた、あの

人が誰なのか）

思い思いの表情でテレビに見入っている姉妹たちを、和哉はそっと見回した。

今朝、彼女たちと顔を合わせてから、慎重に観察を続けていたが、和哉と相対して不自然な態度を取る者はいなかった。三人のうちの誰かはわからないが、昨晩セックスをしたばかりの男に対し、平然と接することができるとは、なんとも肝《きも》の太い女である。あるいは大人の女とは、セックスをしたくらいのことでいちいち動揺しないものなのかもしれない。

（そもそも、どうしてあんなことをしたんだろう。お金持ちの世界では、自分の妹の彼氏とセックスするなんて、大したことじゃないのかな？）

その理由も知りたかった。ただの金持ちの気まぐれで、ちょっとした悪戯気分だったのかもしれないが、それならそれで構わない。彼女いない歴二十年の、奥手の自分の童貞を奪ってくれたのだから、感謝しかなかった。

和哉はもう一度、三人の美女たちへ順番に視線を向けていく。

昨夜のベッドで見た女の幻影と、目の前の彼女たちを照らし合わせる。恵が、承子が、絵里が、はしたなくも陰茎をしゃぶり、男にまたがって腰を振っている姿を想像してみる。

たちまち股間が熱くなってきて、和哉は慌てて目を閉じるのだった。

3

日中、吹雪は何度か勢いを弱めたりもしたが、完全にやむことはなかった。気象ニュースで言っていたとおり、少なくとも明後日までは続くのだろう。

和哉は一応、自分の両親へ電話をした。大学の先輩の家の別荘に泊めさせてもらっているのだが、吹雪のせいで、いつ帰れるかはわからないと、現状を伝えた。幸い食事や飲み水の心配はないし、別に雪山で遭難《そうなん》したというわけでもないので、電話に出た和哉の母親は、さほど心配している様子もなさそうだった。

夜の十一時過ぎ、昨日と同様に、和哉が最後に風呂に入った。

風呂上がりに喉が渇いたので、水を飲もうとキッチンへ向かう。と、その途中にあるリビングに灯《あか》りがともっていて、淡い光がドアのガラス窓から漏れていた。

とても弱い光がゆらゆらと揺れていて、和哉は、おや？　と思った。天井照明のLEDライトの明かりを、常夜灯のような微光にしていたのだとしても、こんなふうに揺れたりはしないだろう。

少し気になって、リビングのドアを開けた。リビングの天井の灯りは消えていて、向かい合うソファーに挟まれたローテーブルの上に、ランタンが一つ置いてあった。

そのランタンの揺らめく炎が、リビングを仄かに照らしていたのだ。

ソファーには次女の承子が一人腰掛けていて、こちらに向かってにこっと微笑みかけてきた。和哉より先に風呂に入った彼女は、パジャマの上にロングガウンを羽織った格好だった。

ローテーブルにはランタンの他に、ワインの瓶とグラスも置かれている。

「どうしたんですか？」と尋ねて、和哉はチラリとランタンに視線を向けた。なぜ部屋の照明を使わず、わざわざこんなものを使っているのだろう？

「この方が雰囲気があるでしょう？」と、承子は答えた。そしてワインの瓶を手にする。「和哉くん、ちょっと付き合わない？」

「ワインですか？　いや、僕は水を飲もうと思って……」

「あら、どうせ飲むんなら、水なんかよりワインの方がいいじゃない。寝る前にワインを飲むと、身体が温まって、寝つきが良くなるらしいわよ？」

承子はさっさとリビングを出ていき、グラスをもう一つ持って戻ってくる。仕方がないので、和哉は少しだけ付き合うことにした。

かなり高価なワインだそうで、深みのあるフルーティな香りが素晴らしかった。口当たりは爽やかで、湯上がりの火照った身体に心地良く染み渡っていく。ついゴクゴクと飲んでしまいそうだった。

承子も風呂上がりになにか飲みたくなって、このワインを開けたという。もう一時間近く飲み続けているそうだ。

「和哉くん、私ね、スキーが好きなの。ダジャレじゃないわよ、うふふ」

そう言って微笑む承子は、そこそこ酔っているようである。少しとろんとした瞳に、頬も赤みを帯びていて、なんだか妙に色っぽい。

承子は窓の外に視線を向ける。ランタンの仄かな明かりで、荒れ狂う吹雪の影が浮かび上がっていた。承子にとって、冬のこの山荘の一番の楽しみはスキーができることだそうだが、さすがにこんな猛吹雪ではそれも叶《かな》わない。

しかし、そんな今の状況も、彼女は楽しんでいるという。

「なんだかわくわくしちゃうのよねぇ。私、小さい頃から、台風の夜とかも大好きだったわ。停電になって、蠟燭《ろうそく》の明かりで晩ご飯を食べたり……ふふふっ」

それでオイルランタンを引っ張り出し、その仄かな明かりで、吹雪の夜の雰囲気を盛り上げていたのだそうだ。

承子さんって、ちょっと子供っぽいところがある人だなと、和哉は思った。だが、それがいい。彼女のような大人の女性に、おてんばな女の子みたいな可愛らしさがある——そのギャップが、年上好きの心をギュッとつかんでくる。

和哉は承子に勧められるまま、ワインをお代わりする。承子の親しみやすく気取らない性格のおかげで、話も弾《はず》んだ。彼女に二人の子供がいることはすでに聞いていたが、三年前に夫を病気で亡くしたということまで、赤裸々に話してくれた。

「え……じゃあ今、おうちにはお子さん二人だけ……？」

「やだ、和哉くんったら、うふふふっ」承子は手をパタパタさせて笑う。「さすがに小学生の子供たちだけでお留守番はさせられないわよぉ」

彼女の家では、住み込みの家政婦を雇っていた。その家政婦はとても真面目な信頼できる人で、子供たちもよく懐《なつ》いているという。承子は姉妹たちと様々な準備をするため、その家政婦に子供たちを任せ、一足先にこの山荘へ来たのだそうだ。

「そうなんですか……。じゃあ、今頃お子さんたち、承子さんのことをとても心配しているでしょうね。早く吹雪がやんで、ここに来られるといいですね」

すると承子は、困ったような苦笑いを浮かべる。

「うーん……あのね、めぐ姉さんや絵里や、他の人たちには内緒よ。うちの子たちは、ここには来ないわ。風邪を引いちゃうことになってるから」

「風邪を……引いちゃう？」

「まあ、なんていうか……要するにサボりよ」

承子の子供たちは、正月の習慣としてこの山荘に来ることを嫌がっているという。だから、出発する当日に仮病を使うことになっていた。風邪を引いたことにして、山荘行きを断ろうというのだ。

「そんな嘘をついてまで、ここに来たくないっていうんですか？　どうして……」

「私と違って、うちの娘も息子も、スキーやスノボに全然興味がないのよ。そうなると、この季節にここでできる遊びといったら、雪だるまやかまくらを作ることくらいじゃない。だから行きたくないって――」

和哉はインドア派の人間なので、ネットに繋《つな》がっているスマホやパソコンがあれば、二、三日は余裕でこの山荘に籠《こも》っていられる。

しかし承子の子供たちにとっては、ここは大した娯楽もない、退屈な場所ということらしい。また、町園家の家族には、他に同じ年頃の子がいないようで、周りが大人ばかりというのもつまらないのだそうだ。

ただ、承子の子供たちがここに来たがらない一番の理由は、他にあるという。

「うちの子たち、お祖母ちゃんが苦手なのよ。すぐ怒るから怖いって」

お祖母ちゃんとは、つまり承子たち四姉妹の母親のことだ。とても厳しい人で、たとえ相手が孫だろうが、ちょっとでも行儀が悪いと、容赦なく雷を落として説教するのだとか。

「……承子さんたちのお母さんって、そんなに怖いんですか？」

「まあね。母さんだって孫のことは可愛いと思っているはずだけど、とにかく礼儀作法とか上品な振る舞いとか、そういうことに滅茶苦茶うるさい人なの。和哉くんも、母さんに会うときには気をつけなさいよ」

そう言って、承子は茶目っぽく笑った。

しかし和哉は笑えなかった。吹雪がやんで、その恐ろしい母親がやってきたら、詠美の彼氏として挨拶をしなければならないのだから。もし粗相《そそう》でもあったら、「娘の結婚相手にふさわしくない！」ということになって、詠美は親の決めた相手との縁談を強行されるかもしれない。和哉は、自分に与えられた責務の重さを改めて知った。

ただ――高級ワインのおかげで気が大きくなっているのか、不思議となんとかなるような気もした。

（それよりも、今気になるのは……）

これまでの承子の話で、和哉の心を最も引きつけたのは、彼女が若くして夫を喪《うしな》った未亡人ということだった。

和哉は、彼女の顔からチラリと視線を下げる。ロングガウンの胸元は、やはり人並み外れたボリュームで膨らんでいる。

夫のいない彼女は、このグラマラスな女体をどうしているのだろう。持て余しているのか、夜な夜な自分で慰めているのか——未亡人という言葉には、そんな卑猥《ひわい》な妄想を掻《か》き立てる力があった。

と、承子がじろっと和哉の顔を見据えてくる。

「……和哉くん、目つきがいやらしいわよ？」

「あっ……あはは……す、すみません」

和哉が慌てて顔を逸らすと、承子は悪戯っぽく微笑みながら、少しばかり身を乗り出してきた。

「そんなに私のオッパイが気になる？　和哉くんったら、初めて会ったときから、チラッチラッとこのオッパイを盗み見していたでしょう。うふふ、ちゃーんと気づいていたのよ」

「いや、その……すみません、つい」

バレていた。ワインで火照った顔をさらに赤くし、うつむくと、和哉は観念して謝った。承子がさほど怒っていなさそうなのが救いだった。

「ふふっ、いいわよ、別に。和哉くんみたいに若い子から女として見てもらえて、私だって悪い気はしないから」

承子はさらに前傾姿勢になって、大きな瞳で和哉の顔を見つめ、

「詠美とは、もうエッチしたの？」と尋ねてくる。

彼女が小首を傾《かし》げると、豊かな胸元もゆさっと揺れた。

「それは……その……ま、まだです」

詠美とは結婚を前提に付き合っているという設定なのだから、すでにセックスをしていると答えた方が自然だったかもしれない。しかし和哉は、豊満な未亡人の醸し出す艶めかしい空気に心を乱されてしまい、そこまで気が回らなかった。

「なんだ、詠美ったら、まださせてあげてないんだ。和哉くん、可哀想に」

承子はニヤニヤしながら、さらにあけすけな質問をぶつけてくる。

「もしかして、童貞？」

「う……ま、まあ、そんな感じです」

和哉はあえてそう答えたが、無論、本当はもう童貞ではない。

承子は和哉の返答を疑っていなさそうだった。だとすると、昨夜の夜這いは承子の仕業ではないということだろうか？

しかし、現在この山荘にいる三人の女たちの中で、夜這いなどという大胆なことが一番似合うのは、やはりこの承子だった。昨夜、和哉と交わっておきながら、今はすっとぼけているのだろうか。だとしたら、なかなかの演技派である。

承子はワイングラスをあおって空にすると、それをローテーブルに置く。

頬を赤く色づかせ、ほろ酔いの有様で、

「じゃあ可愛い妹のために、私が和哉くんに女の身体のことを教えてあげようかな」

そう言うや、腰の帯をほどいて、さらにパジャマのボタンまで外しだした。

「え……ちょ、ちょっと、承子さん、なにを……!?」

「女だってね、セックスをするなら気持ち良くなりたいの。童貞の和哉くんにそれができる？　無理よね？　だからぁ、おねーさんが一肌脱いで、和哉くんにお勉強させてあげるわってことよ。うふふっ」

パジャマのボタンを外し終えると、承子はガウンごと胸元を広げた。

ブラジャーはつけていなかった。ランタンの仄かな明かりに照らされて、あの爆乳が露《あら》わになる。

片方の肉房だけで、彼女自身の顔よりも大きかった。ただでさえ女の生乳房を目にするのは初めてだというのに、そんな圧倒的なボリュームのものを見せつけられたら、和哉は言葉も出なくなってしまう。

しかも、これだけの大きさでありながら、その形も実に美しかった。ブラジャーの支えなしでは、さすがに完全なロケット型というわけにはいかなかったが、それに近い丸々とした膨らみを保っている。乳首もツンと上を向いていた。

ほら、いらっしゃいと、承子が手招きする。和哉は美爆乳の放つ魔力に囚われ、ふらふらと彼女の前まで歩み寄る。

「大きい……。Gカップとか、Hカップとか、それくらいですか？」

「ええ、正解。Hカップよ」

承子に促されて、和哉はソファーの彼女の隣に腰を下ろす。

と、承子は和哉の片方の手を取り、自らの膨らみに導いた。和哉の掌が、柔らかな乳肉にムニュッと沈み込む。

「うわっ……」と、思わず和哉は感嘆の声を漏らした。とても柔らかいのに、しっかりと張りもあって、掌が優しく跳ね返されたのだった。その甘美な触り心地は、理屈抜きで男の本能を揺さぶる。

今この瞬間、恵か絵里がこのリビングにやってきたらどうしよう？　〝恋人〟である詠美の姉の乳房を触っている姿を目撃されたら——和哉の脳裏に浮かんだ不安は、湧き上がる情欲にたちまち追いやられていった。

片手では到底収まりきらぬ巨大な肉房を、和哉は夢中になって揉んだ。下から持ち上げるように鷲づかみにすると、驚くほどの重量が掌にかかってくる。

「オッパイって、こんなに重たいんですね……」

和哉が呟くと、承子はくすっと笑った。「そうね、これだけ大きいとね。だから私くらいの年齢になったら、エクササイズとかしてちゃんとケアしないと、すぐに垂《た》れてきちゃうのよ」

乳房を支える筋肉が衰えないよう、承子はジムに通って鍛えたりもしているという。その賜物《たまもの》がこの美爆乳というわけだ。和哉はとても尊いものに触れているような気分になって、丸々とした膨らみを恭《うやうや》しく撫でる。

まるでシルクに触れているような、なめらかな感触。和哉は記憶の糸をたぐって、昨夜の侵入者の乳房に触れたときと比べてみた。かなり近いような気がする。

ただ、昨夜の彼女の胸はここまで大きかっただろうか？

昨夜の彼女の乳房も確かに大きかったが、これほどの爆乳ではなかったように思えた。試しに目をつぶって揉んでみる。掌に残った、あの巨乳の感触と比較する。違うといえば違った。しかし、絶対に違うとも言い切れず、確信は持てなかった。と、承子がうふふと、くすぐったそうに笑う。

「そんなに真剣にオッパイ揉まれたら、なんだか緊張しちゃうわ」

和哉ははっと目を開けた。「あ……す、すみません」

承子は微笑みながら首を振る。「ううん、冗談よ。私のオッパイにそんなに真剣になってくれて、むしろ嬉しいわ。触り方は――ちょっとぎこちないけど、それが初々《ういうい》しくていいわよ」

承子は我が子を愛《いと》おしむ慈母のように目を細め、和哉の手や腕をそっと撫でた。

「和哉くん、オッパイを触るのも初めてなのよね？　でも……オッパイのどこが一番感じちゃうかは知っているでしょう？」

女の乳房に触れるのは初めてではないが、今はどうでもいいことだった。

和哉はこくっと頷いて、乳丘の頂上に息づく突起へ指先を進める。二人の子供を育てるのに吸わせたであろう、その肉の突起は、やや濃いめの褐色を帯びていて、大きさもなかなかのものだった。

最初は柔らかかったが、指先で軽くさすっていると、たちまち芯が通ってくる。同時にムクムクと膨らんでいった。

「あぁ……ん……んふっ」

切なげな声を漏らして、ピクッピクッと女体を震わせる承子。乳首はついにコリコリに硬くなり、人差し指の先よりも肥大した。

「やぁん、こんなに簡単に勃起しちゃうなんて恥ずかしいわ。人にいじってもらうなんて久しぶりだから、なんだかとっても気持ちいいの」

恥ずかしいと言いながら、未亡人はむしろ積極的に、さらなる愛撫を促してくる。

「ねえ、次は舐めてみて。こんな感じで」

彼女は和哉のパジャマの裾をガバッとめくり上げ、露わになった胸板に吸いついてきた。ヌルヌルした温かい舌を器用に蠢かせ、和哉の小粒の乳首を上下に弾いては、左右に転がす。

「う、ううぅ……ひっ」

これまで自分の乳首をいじったことなどない和哉は、思いも寄らぬ妖しい愉悦に身をよじった。さらに承子は、頰が凹《へこ》むほど吸引したり、前歯を甘やかに食い込ませてきたりする。ゾクゾクするような快美感が、静電気の如く弾けた。

身をもって乳首責めを知った和哉は、鼻息を乱しながら、承子の爆乳に挑む。

上半身を乗り出して、乳丘の頂《いただき》に唇を寄せた。乳肌からはボディソープの香りだけでなく、ほんのりと汗の匂いも漂っていて、牡の嗅覚をそっと刺激してきた。

赤ん坊のように乳房に吸いつく恥ずかしさも官能を高める要素となり、和哉はドキドキしながら、思い切って乳首を口に含む。彼女の舌使いを精一杯に真似して、大粒のそれを飴玉のように転がした。

「ああん……いいわ、初めてにしてはとっても上手よ……んふぅ、そう、乳輪も気持ちいいの……もっと強く吸っても大丈夫よ……ぅ、んんッ」

ぷっくりと厚みのある乳輪に沿って丹念に舌を這わせた後、和哉は、充血して硬く尖った乳首に甘噛みを施す。グミのような歯応えを愉しみながら、何度か前歯で挟みつけると、承子は乳肉をプルプルと震わせて身悶えた。

「ひゃっ……ひぃぃ……あ、あぁ、待って、和哉くん、ストップぅ」

「え……す、すみません、痛かったですか？」

少し強く噛みすぎてしまったのだろうかと、和哉は慌てた。しかし承子は、そうじゃないのと首を振り、和哉の頭を優しく撫でる。

「和哉くんが上手だから、濡れてきちゃったわ。パンツに染みる前に脱いじゃおうと思って……。和哉くんも脱いだ方がいいんじゃない？」

「そ、そうですね」

和哉はソファーから立ち上がって、パジャマのズボンを脱いだ。ペニスはとっくに充血していて、ボクサーパンツの前を大きく膨らませていた。鈴口からカウパー腺液が溢れていたが、厚手の生地のパンツだったおかげで、外側までの染みはわずかなものだった。

ただ、承子の方は手遅れだった。ソファーからちょっと腰を持ち上げ、彼女がパジャマのズボンを脱ぐと、露わになった白のパンティには、五センチ近い船形の染みがくっきりと浮き出ていた。

「やだ、まるでお漏らししちゃったみたいだわ。後で穿き替えないと駄目ね」

承子はパンティをずり下ろし、その内側を覗き込んで苦笑する。「私、前から濡れやすい質《たち》だったんだけど、乳首を気持ち良くされただけでこんなになっちゃうとは思わなかったわ」

夫を亡くしてから三年間、たまに自分で慰めることはあったが、それ以上の性行為はとんとご無沙汰だったという。そのせいで承子の身体は、和哉の愛撫にも敏感に反応し、かつてないほど濡れてしまったのかもしれない。

承子はムチムチの太腿にパンティを滑らせ、両足を引き抜いた。それをポイッと床に放り投げると、両足をソファーの座面に載せて、はしたなくも大股を広げる。いわゆるM字開脚である。

「ほーら、和哉くんが上手に乳首をレロレロ、チュパチュパしたから、こんなに濡れちゃったのよ。うふふっ」

オイルランタンの柔らかな明かりの中、肉の割れ目があからさまになっていた。

初めて直に見る女の秘部に、和哉の目は釘付けになる。さらに承子は割れ目の縁《ふち》に指を引っ掛け、グイッと開いた。張りついていた二枚のビラビラも左右に分かれ、少しくすんだサーモンピンクの、大きな媚肉の花が咲く。

（オマ×コだ……！）

たっぷりの蜜をたたえた淫花の有様に、牡の官能は激しく掻き乱された。

恥丘を黒々と覆い、大陰唇の半ばまで繁茂している秘毛は、女の股座を艶美《えんび》に彩っている。それらは卑猥な眺めでありながら、どこか神秘的にも思えて、和哉の心はぐるぐると渦巻きながら昂《たか》ぶっていった。

張り詰めた陰茎が脈打ち、裏筋が引き攣る。呼び水の如きカウパー腺液が、脱ぎ忘れていたボクサーパンツの裏側にさらなる染みを広げていった。その直後、不意打ちのように射精感が込み上げ、和哉は慌ててパンツの上からペニスを握り締める。

「うっ……ウウウッ！」

ゆっくりと息を吐き、込み上げてきたものをなんとかやり過ごした。

「どうしたの、和哉くん。もしかして……出ちゃった？」

目を丸くしている承子に、和哉は「で、出てませんっ」と否定する。

しかし、危うく精を漏らしそうになったことは誤魔化しきれなかった。すると承子は両足を下ろし、ソファーに座り直してから、「パンツを脱いで、私の前に来て」と言ってくる。

「は、はい……」

和哉はゴクッと唾を飲み、意を決してボクサーパンツを脱ぎ捨た。

承子が股を大きく広げたので、その狭間《はざま》におずおずと立つ。そそり立つペニスを彼女の目の前にさらけ出し、恥ずかしさに顔面を上気させた。

「まあ、なんて立派な……！　こんな大きなオチ×チン、初めて見るわぁ」

承子は瞳を輝かせて、まじまじと肉棒に見入る。

和哉も少し驚いていた。確かにこのイチモツは、以前から平均以上のサイズではあったが、今はさらに一回りほど大きく怒張していた。和哉の手で二握り分、十六センチかそれ以上ありそうだった。太さも増していて、丸々と膨らんだ亀頭がはち切れんばかりに張り詰めている。

(僕のチ×ポ、どうしちゃったんだ……!?)

おそらくは実物の女の裸体を見て、触れて、これまでにないほど昂ぶっているということだろう。リアルの女体は、ネットのエロ画像やAVでは決して得られぬ興奮をもたらしてくれる。

承子が手を伸ばし、青筋を浮かべた幹をそっと握って、溜め息をこぼした。

「長くて、太くて、硬くって……そのうえバナナみたいに反《そ》ってるわ。せっかく彼氏がこんな凄いオチ×チンを持っているのに、詠美ったら、まだ一度も使っていないんでしょう？　もったいないわねぇ」

うっとりした様子で、承子は雁首に指を引っ掛けてくる。

「この段差……凄く引っ掛かりそうね。ああん、ゾクゾクしちゃうわ」

「しょ、承子さん、そこをいじられたら、僕……ううっ」

先ほど抑《おさ》え込んだ射精感は、女の指先が雁首を軽く撫でただけで、再び限界に向けて高まっていく。和哉の愚息も、彼女の手筒の中で懊悩《おうのう》するように打ち震え、鈴口から弱音の汁をドロリと吐き出した。

「……わかったわ。じゃあ、先に一回出しちゃおう。ね？」

そう言うや、承子は舌を伸ばし、鈴口から溢れた透明な液体をペロッと舐め取る。そしてアーンと大口を開き、剛直の先端を頬張った。すぐさま首を振り始め、固く締めつけた朱唇で雁首をしごいていく。

「んふっ、ううん……ちゅぷ、じゅぷ、ん、んっ、ふううぅ」

「うわっ……あ、あぁぁ」

突然始まったフェラチオに、和哉は身も心も蕩《とろ》けていく。気を抜くと立っていられなくなりそうなほど膝が戦慄き、ねっとりとした摩擦感に理性が甘く痺れていった。団欒《だんらん》の間であるこのリビングに、ニュルニュル、クチュクチュと、淫靡な水音が鳴り響き、深夜の静寂に浸《し》み込《こ》んでいく。亀頭に絡みつき、裏筋をなぞってくる舌の、ヌメヌメとした感触だけでなく、聴覚からも和哉の性感は追い詰められていく。

「くうぅ……ほんとに出しちゃって、い、いいんですか……？」

和哉の問いに、承子は目顔で答えた。なめらかな首振りで肉棒をしゃぶりながら、彼女はにっこりと微笑んだのだった。ええ、いいわよとばかりに。

そして承子の瞳は、なおも和哉の顔を見据え続ける。和哉は口淫の悦《えつ》に悶える表情を見られて、羞恥心とも官能とも判別しがたい昂ぶりを覚えた。このまま射精する瞬間の顔まで見られるのだと思うと、身体中がカーッと熱くなった。

彼女の視線に苛《さいな》まれながら、一方の和哉も、己の性器が女の口内に出たり入ったりしている様から目が離せない。雁エラに引っ掛かった上唇が何度もめくれそうになって、その卑猥さが牡の劣情をさらに煽り立てる。

「あ、あ、イキます……う、ううっ……！」

腰の奥から痺れてくる感覚。いよいよ射精感が限界に達する――

と、急に承子は首振りを止めた。

しかも絶頂寸前だったペニスを、なぜか吐き出してしまう。戸惑う和哉に、彼女は言った。「せっかくだから、私の得意技でイカせてあげるわ。さあ、もっと腰を前に突き出してちょうだい」

男根をギリギリまで追い込まれていた和哉は、得意技なんてどうでもいいから、一刻も早く射精させてもらいたかった。しかし、不満を漏らしてもしょうがないので、内心渋々と、言われたとおりにする。

背中を反らして、腰と一緒に屹立《きつりつ》を、承子に向かって精一杯に突き出す。

すると承子は、Hカップの双乳を両手ですくい上げるようにして、深い胸の谷間に屹立をギュッと挟み込んだ。

「あん、オチ×チンが熱いわ。オッパイが火傷《やけど》しちゃいそう。うふふっ」

そして肉房を上下に躍らせる。いわゆるパイズリである。

（オッパイが、チ×ポに吸いついてくる。これがパイズリ……！）

フェラチオと並ぶ、男の憧れの愛撫に、和哉は感動せずにはいられなかった。

たっぷりの乳肉で、ペニスを揉み込むように擦られる。なめらかな乳肌が肉棒にぴったりと張りついて、なんともいえぬ摩擦快感をもたらしてくれた。

承子の唾液が、ペニスの幹を伝って根元まで濡らしていたので、ヌルヌルと乳肌が滑り、パイズリはみるみる加速していく。

「夫がまだ元気だった頃は、毎晩のようにしてあげていたのよ。どう、気持ちいいでしょう？」

「お、おおぉ……は、はい」

密着した双乳の谷間から、赤黒い亀頭が出たり引っ込んだりしている。剛直を丸々包み込んでしまえる、爆乳ならではの眺めである。しかし、フェラチオで充分に射精感を募らせていた和哉は、その様子を見て愉しむ余裕などなかった。

（せっかくのパイズリ、すぐイッちゃったらもったいないけど……もう無理……！）

腰の奥の痺れが最高潮に高まり、ついに前立腺が限界を迎える。ペニスの幹がひときわ大きく痙攣《けいれん》し、脈打つように亀頭が膨らむ——

「あっ、出る、出ますっ……アアッ、ウウーッ!!」

ザーメンが噴き出す、その直前に、承子は素早く亀頭を咥えた。人妻だった彼女は、ペニスに現れた射精の予兆をしっかりと感じ取っていたのだろう。ほとばしる熱い牡汁を、一滴もこぼすことなく口内で受け止めた。

そのうえ、指の輪っかで優しく幹をしごき、吐精の悦をさらに甘美なものにしてくれる。和哉はよだれを垂らしそうになるほど、ペニスの感覚に陶然とし、頭の中を真っ白にして、ザーメンを絞り尽くした。

そして、床に尻餅をついてしまう。カクカクと膝が笑って、しばらく立ち上がれそうになかった。心臓がバクバク鳴って、百メートルを全力疾走したみたいに呼吸も乱れていた。

疲労感はあったが、それ以上に興奮している。女の身体によってもたらされた快感に、若牡の血が煮えたぎっていた。その血が股間に流れ込んで、ペニスは熱く、未だ勃起を維持している。

（……承子さんも、射精を口で受け止めてくれた。昨夜のあの人みたいに）

承子は口内にたっぷりと注《そそ》がれた精液を、当たり前のことのように、喉を鳴らして飲み下した。高級ワインを飲んでいたときと同じくらい、その美貌をうっとりと蕩けさせて、うふふっと笑う。

「精液を飲むとね、凄くいやらしいことをしている気がして、私、とっても興奮しちゃうのよ。アソコがもうウズウズして、ああん、たまらないわ」

ジム通いをしているという彼女の脚は、ムチムチと肉づきながらも、アスリートのように綺麗に引き締まっている。そんな健康美を誇るコンパスを、オシッコでも我慢しているみたいにはしたなく擦り合わせてから、承子は大きく股を広げた。

肉花は先ほど以上に濡れそぼち、朝露をまとっているかの如く、つややかに光っていた。割れ目から溢れた蜜が、尻の谷間まで流れ落ちている。

承子が甘ったるい声でおねだりしてきた。

「ねえ、今度は和哉くんが舐めてぇ」

4

和哉は承子の前にひざまずいた。承子はソファーの上でほとんど寝っ転がるような格好になり、股を広げたまま身体をくの字に曲げる。俗にいうマングリ返しである。

「昔はもっと色も綺麗だったし、ビラビラも小さかったのよ。おばさんのオマ×コって感じで恥ずかしいわ」

　やや黒ずんだサーモンピンクの肉弁をつまんで、左右に伸ばす承子。肉弁はゴムのように伸び、大陰唇の外側まで優にはみ出した。

「い、いいと思います、僕は……承子さんのオマ×コ、とってもエッチで……」

　その破廉恥《はれんち》極まる有様に、和哉はますます興奮する。

　オイルランタンの光に照らされた女陰は、一昔前のAVの映像のように少しぼんやりとしていて、奇妙な懐かしさと共に、より淫猥《いんわい》な雰囲気を醸していた。

　和哉は割れ目から十センチほどの距離まで顔を近づけ、目を凝らし、肉弁に刻まれた皺《しわ》の一本一本まで観察した。甘酸っぱい性臭が、熱気と湿気を孕《はら》んで立ち上り、和哉の顔面を撫でていく。

「学校の性教育の授業で習った？　このビラビラが小陰唇で、オマ×コの周りを囲んでいるのは大陰唇。それから――」

　牝花《めすばな》の内側に黒ずんでいる様子はなく、淡い赤の肉色で、その真ん中に小さな穴が見て取れた。オシッコの穴だと、承子が教えてくれた。

　そして彼女の指が、小陰唇の合わせ目にある包皮をめくり上げる。

　そこは綺麗な薄桃色で、小さな肉の豆粒が現れた。

「これがクリトリス。聞いたことくらいはあるでしょう？　オマ×コのとっても感じるところ。女のオチ×チンよ」

しかし、男の性器よりもずっと敏感なので、ほんのわずかな刺激で充分な快感が得られるという。承子は女陰のぬめりを中指で絡め取り、指の腹を陰核にあてがった。

「これくらいで充分気持ちいいのよ——あぅ、ううぅん」

触れるか触れないかのソフトタッチで、指先が円を描くようにクリトリスをさすると、たちまち承子は悩ましげに腰をくねらせる。

三十四歳の年増女が、若牡の目の前で己の急所をいじっている。さながらオナニーのその姿に瞳を虜にされつつも、和哉はクリトリスの敏感さに感心した。

小さな豆粒だったそれは、中指一本によるささやかな摩擦だけで、目に見えるほどムクムクと膨らんでいく。

ほどなくして、小指の先ほどのサイズまで勃起すると、承子は微かに息を弾ませながら、いよいよクンニを促してきた。

「いや……でも僕、触ったこともないのに、いきなり舐めるなんて……」

「大丈夫よ。指だと、つい力が入りすぎちゃうかもしれないけど、ベロならそんな心配はまずないわ。柔らかいし、もともとヌルヌルしているし、指でいじるより簡単よ。

それとも、性器を舐めることに抵抗がある？」

和哉は大きく首を振って否定した。「い、いえ、そんなことは全然っ」

内臓を思わせる粘膜の割れ目は、溢れ出した粘液で妖しく濡れ光り、見ようによっては少々グロテスクである。しかも、小便を排出する場所でもあった。が、だからといって、和哉には嫌悪感などまったくない。

「じゃあ、あの……舐めさせてもらいます」

女陰から漂うアロマの中には、微かな刺激も含まれていた。彼女は、風呂を上がってから一度か二度は、オシッコをしているのかもしれない。しかし和哉は厭《いと》うことなく、その刺激臭を胸一杯に吸い込んで、ますます獣欲を昂ぶらせる。

生い茂る草叢《くさむら》に鼻先を突っ込むようにして、剝き身のクリトリスを舌で撫でつけていった。仄かな甘酸っぱさは、愛液の味だろうか。汗や尿を思わせる味わいは、まったく感じられなかった。和哉は少し拍子抜けしながら、コリッとした肉蕾に丹念に舌を使っていく。

「あ……あぁあん……いいわよ、舌の動かし方、その調子で……乳首を舐めたときみたいに……でも乳首より優しく……ん、んふうぅ」

承子は艶めかしく眉根を寄せて、口元に笑みを浮かべた。

　和哉はソフトタッチを心がけながら、クリトリスの隅《すみ》から隅までを愛撫する。舌先でくすぐるようにしたり、クリトリスの付け根から掘り返すようにしたりと、承子はいろんな舐め方を教えてくれた。彼女は悲鳴にも似た媚声をビブラートさせて、マングリ返しの痴態を戦慄かせた。

「はふぅ、あっ……ああん、気持ちいいわぁ……やっぱり舐めてもらうって、私、好きなの……おほっ、おうぅぅ……！」

　三年前に夫を喪ったという未亡人の桃色真珠は、久しぶりのクンニの悦《えつ》に打ち震えるように、ヒクッヒクッと脈打っていた。

「ひぃぃ！　はっ、はあぁ、いいぃ、いいわぁ……そろそろ、ちょっと強めに舐めてくれても平気よ……う、ううっ、そ、そんな感じいぃ」

　クリトリスが刺激に馴染んできたら、もう少し強めにしても構わないということだろう。舌の動きを速くして、肉豆を軽く上下に転がすようにすると、承子はますます呻き、身悶えし、愛液の溢れ出す量もさらに増える。

　和哉は牝花の中にある、凹凸《おうとつ》が複雑に入り組んだ窪みに直接唇を当て、チュウチュウと蜜を吸い上げた。

「あ、あうぅぅ……やだぁ、和哉くんったら、私のエッチな汁、飲んじゃってるのね。

大丈夫？　変な味じゃない？」

「いいえ、全然。美味しいですよ、承子さんの汁」

ヨーグルトの上澄み液を水で薄めたみたいな、すっきりした味わいだった。ただ、愛液自体がねっとりとしている分、しばらく舌に残る。

承子がザーメンを飲んで官能を高めたように、和哉も女の分泌液をすすってさらに欲情を燃え盛らせた。ペニスのように脈動している陰核へ、レロレロと再び舌奉仕を施していく。ときおりチュッ、チュッと、軽やかな口づけを施すように吸いついてみたりもした。

すると承子は、マングリ返しで折り曲げた両脚を蠢かせ、切羽詰まった声を上げる。

「あ、あうっ、ダメぇ、和哉くん、私、もう……ひっ、んんんっ！」

彼女の爪先がギュギュッと丸まった。たっぷりと肉の詰まった太腿が緊張し、強い力が込められているのが、内股に浮き出た筋を見てわかった。

やがて女体は弛緩《しかん》し、承子は安堵のような溜め息を漏らす。

和哉は、おずおずと尋ねた。「承子さん、今、もしかして……？」

「……ええ」と、承子は頷く。「軽くだけど、イッちゃったわ。久しぶりのクンニで凄く感じちゃったせいもあるけど、和哉くんがとっても上手だったからよ」

やったと、和哉は跳び上がりたくなった。人生で初めて女をイカせたのだ。それは昨夜の童貞卒業と同じくらいの歓びだった。

「承子さんが丁寧に教えてくれたからですよ」

「うふふ、そう？　若い子にエッチなことを教えるって、とても興奮しちゃって、私もつい熱が入っちゃったわ」

まだなにも知らない若者に淫らな性教育を施す、夜の女教師。承子はそんな自分に酔ってしまったそうだ。教えれば教えるだけ、相手はそれを快感として返してくれるのだから、教え甲斐もあるという。

そういう意味で、和哉はとても優秀な生徒だそうだ。承子が一番気持ちいいと感じる舌の動かし方や力加減を、すぐにものにしたと褒めてくれた。

「きっと勘がいいのね。和哉くんは女泣かせになる才能があると思うわ。妹の彼氏にそんな才能があるのは、喜んでいいことなのかちょっと悩んじゃうけど……。和哉くん、浮気はしちゃ駄目だからね？」

「え……も、もちろん、はい、しませんけど……」

それをあなたが言いますか？　と、和哉は思わずにはいられない。

そんな内心を見透かしたかのように、承子は悪戯っぽい笑みを浮かべた。

「あら、なぁに、その顔。クンニまでさせておいて、説得力がないってことかしら？　これはあくまで女の悦《よろこ》ばせ方のレッスンよ。浮気なんかじゃないわ」

「はあ……」

「前戯は文句なしの合格点ね。次はいよいよセックス本番のレッスンだけど……どうする？　納得できないようなら、ここでやめちゃう？」

「あっ……い、いえ、やめません！　これは浮気じゃないですよね、はい」

和哉は力強く首を振った。詠美と自分は、所詮、偽りのカップル。詠美に操《みさお》を立てて、せっかくの好機を手放さなければならない義理はないのだ。

股間の息子は、牝花に蜜を滴《したた》らせた未亡人との交わりを期待して、クンニをしている間中、ずっと勃《た》ちっぱなしだった。すぐさま和哉は中腰になり、ペニスの切っ先を女陰へ向ける。

「ここよ」と、承子の手がペニスをつまんで、秘裂の中の一番窪んだところへ導いてくれた。亀頭が、ぬかるむ肉穴にちょっとだけ嵌まった。

和哉はソファーの座面に両手をつき、マングリ返しの女体に覆い被《かぶ》さって腰を突き出す。太マラは、久しく使われていなかった女の穴をこじ開け、ズブリ、ズブリと潜り込んでいった。

「あ、あーっ……凄いわ、缶コーヒーを押し込まれているみたい。ほんとに、なんてオチ×チンなのかしら……！」

艶めかしい悲鳴を上げる承子。和哉も、挿入によってペニスを侵食していく蜜肉の感触に、喉の奥で小さく唸った。

（熱くって、ヌルヌルで……ああ）

やがて膣穴の最奥までペニスが届くと、しばらくそのままでいてと、喘ぎながら彼女は言う。三年ぶりの挿入がこんな剛直では、膣路が馴染むまで少し時間がかかるのだとか。

承子が言うには、亡き夫の陰茎も、なかなかのモノだったという。

しかし、これほどの太さではなかったし、硬さなどは段違いだそうだ。

「大学を卒業してすぐに、親の決めた縁談で結婚したの。優しくていい人だったから、特に不満はなかったのよ。でも、年齢が私より二十二も上で、すっかりおじさんだったのよね」

四十を過ぎていたわりには、イチモツもなかなかに精力的だったというが、それでも和哉の若勃起ほどではなかったそうだ。

「和哉くんのオチ×チン、お腹の中に入っているだけでドキドキしてきちゃうわ。ああ、こんなの初めて……」

「苦しくはないんですか？」

結合部では、肉穴の口が痛々しいほど拡張されていた。しかし承子は、わずかに吐息を乱しながらも、優しい微笑みで首を振る。

「ううん、平気よ。……ねえ、そろそろ慣れてきたから、動いてみてちょうだい。最初はゆっくりとね」

和哉は頷いて、腰を前後に振り始めた。自分から動くのは初めてなので、ピストンはぎこちなく、自然とスローな抽送《ちゆうそう》になった。

それでも挿すたびに、抜くたびに、確かな快感が湧き上がる。承子の膣肉は蕩けるように柔らかく、ペニスのあらゆる場所にぴったりと吸いついてきた。敏感な亀頭を始め、裏筋が、幹が、雁エラの隅々までもが撫で擦られた。

だがそれは、昨夜の侵入者の嵌め心地とはまるで違うものである。あのときの彼女は、とにかく締めつけが凄かった。それ以外のことが記憶に残らないくらいの、恐ろしいまでの苛烈な摩擦快感だった。

(昨夜のあの人は、承子さんではないってことか……？)

承子の膣圧に、あれほどの衝撃はない。

それでも、今のこのセックスが、あの夜這い女としたときよりも劣るというわけではなかった。真空パックのように、ペニスの急所のすべてに密着し、甘やかすように撫で擦ってくる柔肉。穏やかな摩擦によって、着実に性感を高められていく感覚。それは、強烈な締めつけで射精を強いられるようなセックスとはまた違う心地良さがあった。

「うふっ……ううん……いいわよ、和哉くん。もう少し速く動いてくれてもいいわ。一秒間に一往復くらいで、慣れてきたらもうちょっと速くても……あ、あはんっ」

「こ、これくらい、ですか？」

和哉の腰もピストンに慣れてきて、多少は動きがなめらかになってきた。一定のリズムで肉棒を打ち込んでいくと、承子は眉をしかめつつ、悦びの声を上げる。

「そ、そうぅ……！　やっぱり和哉くんは、勘がいいわぁ。その調子で続けてくれたら、私、今度は本気でイッちゃいそう……ああん、セックスってこんなに気持ち良かったかしら。オチ×チンが奥に当たる感触……クリオナよりずっといいぃ」

ピストンの加速により、仰向けになっても肉厚な膨らみを保った爆乳が、タプタプと小気味良く揺れ動いた。承子の美脚が、じっとしていられないといった様子で、和哉の首に絡みついてくる。

女体の昂ぶりが反映するように、膣路がざわざわとうねりだした。膣口の締まりも心なしか強くなったような気がした。

「う、ううっ……僕も、気持ちいいです、承子さんのオマ×コ……！」

先に一発抜いていなかったら、とっくに精を漏らしていただろう。和哉は高まってくる射精感に奥歯を噛んだ。このままだと、そう長くは持ちそうにない。あと二、三分といったところだろうか。

「んんっ、はぅんん……ね、ねえ、腰振りのペースが落ちてきているわ。和哉くん、疲れてきちゃった？」

「いや、あの……すみません、そういうわけでは……く、くうぅ」

まだイキたくない。もっと愉しんで、彼女もイカせたい。そう思うあまり、ついピストンの勢いを抑えてしまったのだ。

そのことを正直に話して、和哉は謝った。

すると承子は、息子を優しく諭《さと》す母親のように言った。

「そんなこと気にしないで、イキたくなったら我慢しないでイッちゃっていいのよ。若いんだから、ちょっとくらい早くってもしょうがないわよ」

「でも……これって、女の人を悦ばせるためのレッスンなんですよね？」

「え……ああ、そ、そうだったわね」

承子はばつが悪そうな顔をし、それから照れ隠しをするように笑った。

「ごめんなさい。なんだか今は、和哉くんが気持ち良くなってくれるのが私も嬉しくて、レッスンのこととか忘れちゃっていたわ」

コホンと咳払いをして、承子は夜の性教育者に戻る。そしてセックスを長持ちさせるコツを、和哉に教えてくれた。

「ピストンでオチ×チンが擦れると、どうしても気持ち良くなっちゃうでしょう？だから根元まで挿入した状態で、前後じゃなくて上下に腰を揺らしてみて」

「上下に……？　それで承子さんは気持ちいいんですか？」

「ええ、私は中イキもできるタイプだから」

膣穴の最奥、子宮の入り口のすぐ近くに、ポルチオという性感帯があるという。そこを亀頭などで圧迫されると、痺れるような快感が込み上げる。個人差はあるが、承子などは、クリトリスを遥かに超える愉悦が得られるのだそうだ。

和哉は言われたとおりにやってみる。ペニスを根元まで挿入すると、亀頭は膣底に大きくめり込んだ。柔らかな膣肉は充分に伸縮し、十六センチほどの剛直を難なく受け止めてくれる。

その状態で、亀頭で膣底の肉をこね回すようにイメージしながら、腰を揺らしていく。ピストンとは違い、膣壁との摩擦はほとんど発生しない。しかし承子は、そんな腰使いにしっかりと快感を得ているようだった。

「んああぁ、そうよ、これっ……奥がグリグリされるだけで、子宮がジンジンしてくるの……ああぁ、いい、いいのぉ」

また、互いの腰が密着するほどの深い挿入により、和哉の恥骨がクリトリスに押し当たっていた。上下に揺らす腰使いが、中と外の女の急所を同時に責め立てるのである。

女体の昂ぶりを表すように四肢や腰が蠢き、肉壺の内部もますます火照って、躍動的なうねりで肉棒を揉み込んでくる。じわじわと続く快美感に、和哉も官能を高めていった。

(気持ちいい…………けど……！)

この快美感だけでは、決して達することはできないだろう。そんな生殺しのような快感でもあった。和哉はもどかしさに歯噛みする。

そろそろピストンを再開させて、摩擦の悦に浸りたい。だがそれでは、承子より先にきっと自分だけ昇り詰めてしまう。葛藤《かっとう》が胸の中で渦巻いた。和哉はさらに大きく身を乗り出して、込み上げる思いを叩きつけるように、承子の乳房にしゃぶりついた。猛烈な舌使いで乳首をねぶり倒し、キスマークが残ってしまいそうなほど吸引しては、甘噛みを施して、獲物に食いついた野獣の如く首を左右に振り乱す。

より力強く腰を擦りつけながら、反対側の乳首も激しく責め立てると、承子は顔を仰《の》け反《ぞ》らせ、戦慄く女体を狂おしげによじった。

「ひいっ……あ、あうぅん！　和哉くんったら、なんだか急に荒々しくって……やぁん、乳首がもげちゃう、ダメぇぇぇ」

そう言いながらも承子は、その顔を淫靡に蕩けさせる。どうやら乱暴な愛撫も、少しくらいなら女の官能を高めるスパイスになるようである。

承子はアクメが近いことを告げ、ついにピストンの再開を促してきた。

「私、もうダメ、和哉くん、突いてぇ！　一緒にイキましょう！」

「はいっ！」

待ってましたと、和哉はラストスパートの嵌め腰に臨む。先ほどよりも少し勢いを増して肉槍を突き出し、グサッグサッとポルチオ肉に抉《えぐ》り込んだ。奥へ奥へと引きずり込むような膣壁のうねりに、ときに乗っかり、ときに逆らって抽送し、高まっていく射精感に身を委ねる。

「ううぅ、承子さん、僕、僕……も、もう」

「ええ、ええ、和哉くん……！　私も……あ、あ、来たわ、イキそう、イッちゃう……イ、イクゥーッ!!」

アクメの悲鳴と共に、膣穴がひときわ力強くペニスを締めつけてきた。

これまでで一番の膣圧だったが、それでもやはり昨夜の女にはとても及ばない。しかし、和哉の射精感にとどめを刺すには充分だった。

「しょ、承子さん、僕も、イキますっ……あっ、ウウウーッ!!」

睾丸からは精子が、精嚢からは精嚢液が噴き出し、前立腺液と混ざって尿道を駆け抜ける。ピストンを禁じて焦《じ》らした分、それらの混合液の量は、パイズリでの一番搾りを超えていた。勢いも凄まじく、鉄砲水の如き放出が、何度も何度も繰り返される。その都度、肉悦の極みが、電流のように脳髄を貫いていく。

己の牡汁で、未亡人の身体の深奥を汚している――その背徳感もたまらなかった。

「ああ、あぁぁ……凄いわぁ、こんなにいっぱい注ぎ込まれて……奥にビュウビュウ当たってるうぅ」

半ば白目を剝いた承子がうわごとのように呟き、唇の端からよだれを垂らしつつ破廉恥な笑みをこぼす。

すべて絞り尽くし、狂ったような腰の痙攣がやむと、和哉は朦朧《もうろう》として女体に崩れ落ちた。顔面が、爆乳のエアバッグに受け止められる。

汗にまみれた左右の乳房、その谷間に顔をうずめ、ゼエゼエ、ハアハアと喘いだ。女体の甘く刺激的な芳香が、深呼吸のたびに鼻腔へ流れ込み、和哉の意識をさらに桃色に溶かしていく。

承子は、和哉に絡めた両脚を外し、ソファーの下に投げ出した。

「ふ、ふふ……お疲れ様、和哉くん……とっても良かったわ」

彼女の手が、和哉の頭を優しく撫でてくれる。

それがとても嬉しくて、和哉は甘えん坊の男の子のように、しばらく彼女の乳房にすがり続けた。

5

結合を解いた二人は、ソファーに並んで腰掛け、セックスの熱を冷ましていく。

承子は己の下腹部に手を当てると、嬉しそうに微笑みながらそっと撫でた。

「ここに熱いものが溜まっているのがわかるわ。私、この感覚が好きなの。やっぱり中出ししてもらえないと、セックスしたって感じがしないのよね」

「じゃあ……一応は満足してもらえたってことですか？」

「ええ、満足満足。和哉くん、上出来だったわ。これなら詠美も、きっとヒイヒイ言って悦ぶだろうから、早く抱いてあげなさい。あの子がその気にならないっていうなら、ちょっとくらい強引にやっちゃってもいいから」

「ははは……そ、そうですか」

冗談か本気かわからず、和哉は苦笑した。承子は、未だ剝き出しの和哉の下半身に目をやる。セックスの残り火を宿して半勃ち状態の陰茎は、少しでも刺激を与えてやれば、すぐにも完全勃起に戻りそうな気配があった。

「ふふふっ、ほんとに凄いオチ×チンだったわ。大きいっていうのもそうだけど、とっても硬くて奥にグリグリ当たったたし、射精の量もとんでもなかったし——あれが若さなのねぇ」

詠美がちょっと羨ましいわと、承子は呟く。

「和哉くんみたいな若い子としたのは初めてだけど、なんだか癖《くせ》になっちゃったみたい。私も年下の彼氏を作ろうかしら。こんなおばさんでも、まだいけると思う？」

「承子さんなら全然いけますよ」

顔立ちは綺麗で、チャーミングな明るい性格。そのうえ引き締まった美ボディに爆乳。承子がその気になれば、若い男などいくらでも捕まえられるだろう。和哉だって、承子に言い寄られたら嬉しいに決まっている。

ただ、和哉の心の中には、昨夜の彼女がいた。

承子とのセックスはもちろん気持ち良かった。しかし和哉には、夜這いの彼女との口づけが、初めてのキスを奪われたときの衝撃と陶酔が忘れられなかった。あのときの感触が、今でも生々しく唇に残っていた。

(和哉くんみたいな若い子としたのは初めてだけど——って、あの口ぶりからすると、やっぱり夜這いをしたのは承子さんではない？)

承子が嘘をついているとは思えない。それでも和哉はあえて確認する。

「あの、承子さんは、昨日の夜、僕の部屋に来ましたか……？」

「え、昨日の夜？　行ってないけれど……どうして？」

もし承子が昨夜の侵入者なら、この期に及んでまだ白《しら》を切る理由はないはず。承子が和哉とセックスをしたのは、もはや隠しようのない事実なのだから。

〝淫らな性教育は行ったが、夜這いはしていない〟と言い張ったところで、承子になんのメリットがあるだろうか。

承子は昨夜の侵入者ではない。そう確信した和哉は、目の前できょとんとしている彼女に、自分が夜這いを受けたことをすべて話した。そのうえで、恵と絵里、どちらが怪しいと思うか尋ねてみる。

「めぐ姉さんか、絵里のどちらかが、夜這い……？　そんなこと、信じられないわ。和哉くんがエッチな夢を見ただけじゃないの？」

「違います」

和哉は、自分のベッドに染みついていた愛液の残り香のことを話した。人を納得させるだけの証拠としては少々弱かったが、承子は一応、和哉の言葉を信じてくれたようだった。

それでもやはり、恵か絵里が出会ったばかりの男の部屋に、夜中に忍び込んだなどとは、どうにも受け入れがたいらしい。承子は、困惑の顔を左右に振る。

「私はともかく、あの二人のどちらかが詠美の彼氏に手を出すなんて……やっぱり想像できないわ。めぐ姉さんは超がつくほど真面目な人だし、絵里は気弱でおとなしい子だから、そんな大胆なことはできないはずよ」

「でも、この山荘には、他にはもう誰もいませんよ。お姉さんたち三人のうちの誰かがやったのは間違いないんです」

承子はめまいを起こしたみたいに、ソファーの背もたれに倒れ込んだ。天井を仰いでウーンと唸る。

やがて——ぽんっと手を打つ。身体を起こして、こう言った。

「それ、幽霊だったのかも」

「はい？」

その昔、この辺りの山で、雪の季節に遭難した者がいたという。その遭難者の幽霊が今も付近の山々を彷徨《さまよ》っていて、この山でも、それを目撃した人がいるのだとか。

「……からかってます？」和哉はじろっと承子を見据える。

「ないない」と、承子は手を振った。「子供の頃に父さんから聞いたの。この辺りに出る幽霊の噂。麓の人に訊いたら、みんな知っていたそうよ。実際に見たって人も何人かいたらしいわ」

「その幽霊が、昨日の夜、僕の部屋にやってきたと……？」

「ええ。私は幽霊なんて見たことないけど、もしそれが女の幽霊だったら、和哉くんが好みだったのかも」承子は悪戯っぽく、唇の端を吊り上げる。

そしてすっくと立ち上がると、壁際まで歩いて照明のスイッチを入れた。部屋が明るくなってから、オイルランタンの灯を消して、大きなあくびをする。

「いっぱい汗かいちゃったから、もう一度シャワーを浴びてから寝るわ。おやすみい」

承子は脱ぎ散らかしたパジャマのズボンとパンティをつかみ、リビングを出ていった。ワインの瓶もグラスもそのままにして。

仕方がないので和哉は、まだ中身の残っているワインの瓶にコルクを差して、キッチンの冷蔵庫にしまった。二人分のグラスも洗っておく。

オイルランタンはどうしていいのかわからなかったので、リビングに置きっぱなしにして、和哉は自室に戻ることにした。

廊下には常夜灯がところどころに配置されているが、相変わらず薄暗い。さっきまで承子といたせいか、一人で歩いていると妙に寂しく感じる。さらには、ちょっと怖くなってきた。

不意にカタカタッと物音がして、和哉は跳び上がる。

風に吹かれて窓が鳴っただけだとわかり、溜め息をこぼした。二重窓の防音効果で、外の音は相変わらずほとんど聞こえないが、吹雪は今も荒れ狂っているようである。

そのとき、微かに漏れてくる吹雪の音に混じって、奇妙な呻き声が聞こえたような気がした。

息を呑んで、耳を澄ませた。

だが、呻き声のようなものはもう聞こえない。それが逆に和哉の不安を駆り立てた。

（いやいや、ただの空耳だよな……？）

そう思いたい。しかし、そうではないような気がだんだんとしてくる。

真夜中の薄暗い廊下に、自分以外の誰かがいて、息を潜めているような。曲がり角か物陰に隠れ、和哉が近づいてくるのをじっと待ち構えているような。そんな妄想が膨らみ、頭の中から追い払えなくなる。

それ、幽霊だったのかも——と、承子は言っていた。

和哉の背中に冷たいものが駆け抜ける。幽霊なんていないと理性が叫んでも、ドクンドクンと荒ぶる心臓の鼓動は抑えられない。

走りたい。でも、走っちゃだめだ。走ったら、ここに恐ろしいなにかがいることを、僕自身が認めることになっちゃう。和哉は自分にそう言い聞かせ、震える足でゆっくりと自室まで歩いていったのだった。

（……え？）

第三章　半熟人妻は玩具好き

1

その夜、和哉の部屋に再び侵入者が来ることはなかった。

あるいはリビングで承子と淫事に耽っていたときに、夜這いの彼女が和哉の部屋に来ていたかもしれない。だとすると、せっかくの機会を逃してしまったことになる。

だが和哉は、承子と交わったことに後悔はなかった。それだけ有意義なこと――女の悦ばせ方――を彼女から教わったのだから。

それに、〝承子が夜這いの彼女である可能性はかなり低い〟ということがわかったのも、大きな収穫だった。

ただ翌朝、酔いが醒めた承子は、和哉と顔を合わせるや、苦笑いをしながら口止めしてきた。「昨夜のことは、詠美には内緒ね？」

承子は〝妹の彼氏〟とセックスしてしまったことを、酔った勢いでの失敗だと思っているようである。和哉はいずれ本当のことを、自分と詠美が偽の恋人同士であることを承子に話したいと思う。自分とセックスしたからって、なにも罪悪感を覚える必要はないのだと、彼女に伝えたい。だが、今はまだ早いような気がした。

和哉は、「はい、わかっています」と頷いた。

そして昨夜の廊下で聞いた呻き声のことを思い出し、話題を変える。

「あの……幽霊の話なんですけど」

承子がもっと詳しい話を知っているなら、聞かせてほしいと思ったのだ。

しかし承子は、「幽霊？」と目をぱちくりさせる。

それからしばらくすると急に笑いだした。「ああ——あれは冗談よ。ごめんなさい、本気にしちゃったかしら？」

今度は和哉がぽかんとする。「え……冗談？」

「ええ。私が父さんから幽霊の話を聞いたのは本当だけど、父さんは昔からそういう話をして、よく私たちをからかっていたのよ。私のときは幽霊だったけど、詠美が父さんから聞かされたのは、〝この山のどこかに宇宙人の秘密基地がある〟って話だったらしいわ」

和哉は唖然として、言葉を失った。

からかわれたことに怒ったものか、幽霊などいないのだとほっとしたものか、どうしていいのかわからなかった。

しばらくして頭に浮かんできたのは、昨夜のあの出来事だ。

（じゃあ、廊下で聞いたあの呻き声はなんだったんだ……？）

やはり、ただの空耳だろうか。

しかしどういうわけか、あのときの呻き声のようなものが、今でも和哉の耳にはっきりと残っていた。あれが間違いなく呻き声だとしたら、多分、女の声だ。悲痛な響きは、まるで拷問でも受けているような——。

思い出すほど、単なる空耳とは思えず、和哉は首をひねるのだった。

2

それから三日後。吹雪は未だこの辺り一帯に居座り続けている。

ときおり勢いが弱まり、このまま治まってくれるのかと思わせておいて——結局はまた大雪と強風が山荘を包み込んだ。まるで自然が意思を持って、人間たちを翻弄《ほんろう》しているようだった。

この三日間、和哉は待つことしかできなかった。吹雪がやむことを——ではなく、夜這いの彼女がもう一度来てくれることを。

彼女の正体を突き止めるべく、自分からもなにかできることはないだろうかと考えたが、なにも思いつかなかった。謎の彼女が残した痕跡は、ベッドのシーツに染みた女蜜の芳香のみで、今ではそれも薄まってしまい、和哉の体臭に塗《ぬ》り潰《つぶ》されてしまった。

こうなると和哉にできることは、せいぜい姉妹たちの会話を注意深く聞いておくくらいだった。ミステリー小説などでは、登場人物たちのなにげない会話から、謎を解くヒントが見つかったりするものだが、しかし残念なことに、一度もそんなチャンスを得ることはなく、山荘での日々は過ぎていったのだった。

その日の昼食の後、山荘の皆はリビングでテレビを観ていた。ワイドショーでは、北海道から東北にかけての大雪被害のニュースが流れている。そしてどうやらこの天候は、まだ数日は続くらしい。

ワイドショーはその後、つまらない芸能スキャンダルの話題になったので、恵がチャンネルを変えた。刑事ドラマがちょうど始まったばかりのようなので、今度はそれを観ることにする。

相当昔のドラマらしく、映像が古めかしい。いかにも男臭い刑事が悪党たちと銃撃戦をしたり、カーチェイスで車が爆発したりと、今ではなかなか見かけなくなった、荒っぽいハードボイルドの刑事ドラマだった。しかし、そういうのが好きそうな承子だけでなく、恵や絵里も、黙って画面に見入っていた。

その気持ちが、和哉にはわかるような気がした。次々と人が死にまくる、バイオレンスなドラマ作品だからこそ、雪山に閉じ込められた今の状況を忘れさせてくれるのである。

ただ、犯人と思われる男とその情婦の濃厚なラブシーンが始まると、

「わ、私、自分の部屋に戻るわ」

と、絵里は顔を赤くして、リビングから去っていった。

その背中を見送りながら、承子がくすっと笑う。「絵里ったら、いい年して、この程度のラブシーンに恥ずかしがるなんて、まるで子供ねぇ」

和哉もそう思った。ただ、そんなウブなところが可愛いとも思う。

三十路《みそじ》——女として熟れ始める年齢でありながら、絵里はその美しい顔立ちに、未

だ少女の面影を残している。和哉には、十歳も年上の彼女が、ときどき年下の女の子のように思えることがあった。おとなしい性格に加え、人見知りらしくいつもちょっとおどおどしていて、二十歳の和哉からしても、守ってあげたくなるような気がするのである。すでに人妻である彼女だが、〝深窓の令嬢〟という表現が実にぴったりだと思えた。

それからしばらくして、その刑事ドラマは終わった。

すると別の刑事ドラマが続けて始まった。今度の主人公は、推理力を活《い》かしたインテリタイプの刑事らしい。恵と承子はそれも観続けるつもりのようだが、和哉はさすがに少し飽きてきたので、自室に戻ることにした。

リビングを辞するとき、ふと窓の外を見て、吹雪がやんでいることに気づく。

和哉は廊下に出て、玄関に向かった。風除室から外へ出るや、冷たい風が吹きつけてくる。が、吹雪いていたときよりはずっと弱い風だ。雪も、小さな粒がちらほらと舞っている程度だった。

(天気予報では、まだ数日は吹雪が続きそうなことを言ってたし……まあ、一時的にちょっとやんでるだけか)

和哉は曇天模様の空を見上げた。いつまた吹雪いてくるかわからない。この機に山を降りようというわけにはいかないだろう。

　頬を切る風の冷たさに身震いし、山荘の中に戻ろうとした。しかしそのとき、なんとはなしに玄関ポーチの足元を見て、おや？　と思った。

　姉妹たちを手伝って、和哉は毎日、玄関ポーチのあるウッドデッキの雪掻きをしている。もちろん、今朝もやった。そして、その後に吹き込んだ雪が、ウッドデッキに十センチほど積もっていた。

　そこに、自分以外の足跡がついていたのだ。

（誰かが外に出た……？）

　恵と承子はまだリビングでテレビを観ているだろうから、その誰かは、当然、絵里ということになる。

　足跡は玄関ポーチから階段を下りて、山荘の床下へと続いていた。この山荘は高さ二メートルほどの高床式で、床下には駐車スペースや物置用の部屋がある。

（絵里さん、なにしに行ったんだ？　物置に、なにか荷物でも取りに行ったんだろうか？）

　もしそうなら手伝ってあげた方がいいだろう。和哉は足を滑らせないように気をつけながら、足跡をたどって、雪の積もった階段を下りていった。

山荘の床下には、車が一台通れるくらいの出入り口があり、それ以外の部分はしっかりとした壁に覆われている。和哉は、膝まで埋まる雪を苦労して踏み越え、その出入り口から中へ入った。床下の大部分は、ところどころに柱が立っているだけのなにもない空間で、奥の方の暗がりに車が一台停まっていた。

そんな空間の一角に、物置部屋があった。扉には小さな窓があり、室内の明かりが漏れている。やはり絵里がここにいるようだ。

和哉は中に入ろうと、扉に近づく。すると奇妙な声が微かに聞こえてきた。

女の声だった。和哉はその声に聞き覚えがあった。

先日、深夜の廊下で聞いた、あの呻き声によく似ていたのだ。和哉はギョッとして立ち止まる。

(幽霊……？　まだ日も暮れていないのに……？　いや、そもそも幽霊なんて冗談だって、承子さんは言っていたじゃないか)

声は物置部屋から漏れているようだった。和哉はドキドキしながら扉に忍び寄り、そーっと小窓を覗き込んでみる。壁に立てかけてある雪掻き用のスコップなど、物置部屋の手前の様子は見ることができたが、そこに人の姿はなかった。しかし、呻き声はよりはっきりと聞こえるようになった。

うぅん……あっ……あぁぁ……うぅーっ……。

その生々しい響きは、幽霊の声などではないことを和哉に確信させる。

（絵里さんの声だよな。ここでなにしてるんだ……？）

それは苦悶の呻きのようでありながら、どこか艶めかしくもあった。和哉は本能的に、なるべく音を立てないようにそっと扉を開く。室内は暖房が利いているのか、ほとんど寒さを感じない。

と、わずかな扉の隙間から、蜂の羽音を思わせる機械音のようなものが聞こえてきた。そして途切れ途切れに呟く絵里の声も――

「あぁーっ……あ、あっ……クリが、痺れるぅ……」

彼女がなにをしているのか、和哉はもはや確認せずにはいられなかった。

さらに扉を開き、部屋の奥まで覗き込む。見えた。絵里がいた。

段ボール箱に腰掛けている。ダウンジャケットを羽織っていた。寒いからか、フードまでしっかりと被っている。それにもかかわらず、チノパンを脛《すね》の辺りまでずり下ろしている。腰や太腿が丸出しである。

そして手になにかを持ち、それを股間に擦りつけていた。

「はあん、気持ち良くって溶けちゃいそう……もうイキそうだわ……あ、あ、イク、ああっ……！」

もはや絵里がオナニーをしていることに疑いはなかった。

彼女は、物置部屋の扉の反対側にある壁際に座っている。扉の位置からは、斜めに四、五メートルほど離れているので、和哉の視点では、彼女の股間が今どんな有様なのかを確認することはできない。

ただ、剝き出しになった太腿の戦慄《わなな》きや、忙しく閉じたり開いたりする様子から、彼女の愉悦を察することはできた。

また、目を凝らせば、フードの下で淫らに歪《ゆが》むその美貌も見て取れた。苦悶の表情に混じって喜悦の笑みを浮かべる彼女は、内気で可憐な淑女である普段の絵里とはまるで別人のようだった。

(絵里さんみたいな人でもオナニーするんだ。でも、どうしてこんなところで？)

戸惑いながらも、和哉は彼女の痴態から目を離さない。ズボンの中の陰茎がたちまち充血していく。

「んふうぅ、イクッ、イクイクッ……あ、あっ、イクううぅんっ!!」

ついに絵里はアクメの淫声をほとばしらせ、ガクガクとその身を打ち震わせた。

しばらくして、絵里が手に持っていたものを操作すると、スマホのマナーモードを思わせるあの機械音がやむ。絵里はうなだれるようにぐったりし、深い呼吸に合わせて肩を揺らした。

終わったんだ——と思うと、和哉の頭に冷静さが戻ってくる。

今すぐこの場を離れた方がいい。覗いていたのが彼女にバレる前に。和哉は扉の取っ手にそーっと手をかける。

だが、もう遅かった。吹雪がやんでいるとはいえ、真冬の外の冷気は、ほんのわずかな扉の隙間からでも室内に侵入する。オナニーに没頭している間はともかく、昇り詰めた後なら、絵里がそのことに気づくのは自然なことだったろう。

顔を上げ、こちらを向いた絵里は、ギョッとした様子で美貌を引き攣らせた。

絵里とはっきり目を合わせてしまった和哉は、

「す、すみませんっ！」

慌てて謝り、扉を閉めて、その場から駆け出そうとする。

だが、閉めた扉の向こうから、絵里の叫び声が聞こえてきた。

「和哉くん、待って！　お願い！」

その声には哀訴の響きがありありとこもっていて、和哉の足を絡め取る。

今の声を無視して逃げ出す方が、彼女に恨まれるような気がした。和哉は仕方なく踵《きびす》を返し、再び扉を開ける。絵里は段ボール箱から立ち上がり、すでにチノパンを穿き直していた。

物置部屋は、承子から聞いた話では〝乾燥室〟を兼ねているという。濡れたスキー板やスキーウェアなどを乾かすための部屋だ。だから部屋の中にぎっしりと荷物が詰まっているわけではなく、ハンガーラックや除湿乾燥機なども置かれていて、人が自由に歩けるスペースも六畳分ほどあった。

和哉は、気まずさを引きずる重たい足で、絵里の前へと歩いていく。やはり電気ストーブがついていて、外ほどには寒くない。

絵里はしばらくうつむいたままだった。和哉もなんと声をかけたらいいのかわからず、息が詰まる思いで待ち続けた。

絵里は下を向いたまま、己の罪を告白するように呟いた。

「……私、オナニー中毒なの」

唖然とする和哉に、絵里は自分の昔話を始める。幼い頃の絵里は身体が弱く、病気がちだったため、母親から外で遊ぶことを禁じられていたという。

「だから、みんなが羨ましかったわ。身体を動かすことが特別好きだったわけじゃないけれど、いつもどこかに閉じ込められているような気がして……」

公園で木登りをしたり、レジャープールでウォータースライダーに挑戦したり、休日に映画を見に行ったり、ショッピングモールで流行《はや》りのスイーツを食べたり――学校のクラスメイトたちは、そんなことをしている。絵里にはそれが、まるで大冒険のように思えたそうだ。

「私も、大冒険とまではいかずとも、ちょっとくらいドキドキするような体験をしてみたかったの。自分の部屋の中でできる、精一杯の冒険を……」

その思いが、ある日、自慰に繋がったのだという。

陰部を圧迫すると気持ち良くなることにたまたま気づいた絵里は、まだオナニーという言葉も知らないうちから、その快感の虜となった。これはエッチなことなんだ、お母様には絶対バレちゃいけない――子供心にそう悟った絵里は、性の悦びだけでなく、冒険心も満たされたという。

それ以来、ほぼ毎日欠かさずにオナニーをしてきたそうだ。大人になってからも、人妻となった今でも。

最低でも一日一回はしないと、気持ちが落ち着かなくて夜に眠れないのだそうだ。

だから当然、この山荘に来てからも、みんなが寝静まった時間にこっそりと行っていたという。

「真夜中にオナニーを……？　それって、四日前の夜もしてましたか？」

「え、ええ……」絵里はますます顔を赤らめ、もじもじした。「もしかして私のいやらしい声、聞こえてた？　なるべく声を出さないようにしてるのだけど、気持ち良くなってくると、どうしても我慢できなくなるときがあるの。その、イッちゃうときとか……」

破廉恥な喘ぎ声が和哉や姉たちに気づかれぬよう、絵里は、わざわざ他の人たちから少し離れた部屋にしていた。「最近眠りが浅いから、夜寝るとき、他の部屋の物音が聞こえると目が覚めてしまうかもしれないの」と、それらしい理由をつけて。

なるほどと、和哉は理解した。

先日聞いた、あの幽霊のような呻き声の正体は、今と同じように自らを慰めていた絵里の声だったのだろう。

いつもは深夜の自室で自慰に耽るという絵里が、どうして日暮れ前のこの時間に、こんな場所でやっていたかというと——先ほどみんなで観ていた、あのハードボイルドな刑事ドラマのせいだった。

「あのドラマで、エッチなラブシーンがあったでしょう？　あれのせいで、私、ムラムラしてきちゃって……」

しかし、この時間だと、なにかしらの理由で誰かが絵里の部屋までやってくるかもしれない。たまたま部屋の前を通りかかられただけでも、はしたないオナ声を聞かれてしまう危険がある。

そこで、この物置部屋ですることを思いついたのだそうだ。山荘の床には、冷たい外気を遮断するためのセルロースファイバーという断熱材が詰まっていて、多孔質のその素材は、吸音効果も非常に高いのだとか。そのため、この物置部屋なら、ちょっとやそっとの淫声を上げてもそうそう気づかれることはないだろうと、絵里は考えたという。

「だから、まさか覗きに来る人がいるなんて思わなかったわ。ねえ、和哉くん、このことは姉さんたちには──詠美ちゃんにも内緒にしてほしいの。お願い……」

ようやく絵里は和哉と目を合わせ、半歩ほど身を寄せてきた。

絵里の顔立ちは、長女の恵に似ている。ただ顔の輪郭は、恵より多少丸みを帯びていて、そこにほんのりと少女らしさが感じられた。切れ長で、やや吊り上がり気味の瞳も、気弱そうな眉と合わさると、恵とはまた違う、庇護欲をそそる表情となっている。

「も、もちろんです。誰にも絶対に言いません」

ドキドキしながらも、和哉ははっきりと頷いた。そして「僕もオナニーは……結構する方ですから、気持ちはわかります」と伝える。

「本当……？　和哉くんは、一日何回くらいするの？」

「お、多い日は、二回や三回……」

「じゃあ、ここに来てからも、してる？」

「ええ、まあ……毎日じゃないですけど」

承子の性教育を受けた夜――あれから四日ほど過ぎたが、夜這いの彼女がもう一度現れることはなかったし、承子も今のところ、性教育の続きをしようとはしてこなかった。そうなると精力みなぎる年頃の和哉としては、溜まったものを吐き出さずにはいられなくなるのである。

「昨日の夜、お風呂で身体を洗っているときに、その、アソコがムズムズしてきちゃって……だからつい、その場でしちゃいました」

「まあ、お風呂場で？　和哉くんったら……」

絵里は目を丸くする。が、すぐに嬉しそうな顔になって、うふふと笑った。

「……ありがとう。和哉くんはいい人ね」

これまで、どこか他人行儀な態度を崩さなかった絵里が、初めて心を許したように微笑んでくれたのだった。

絵里は、また少し和哉に身を寄せてくる。

はにかみながらも、ちょっと甘えるような上目遣いで和哉を見つめてくる。

「あのね、秘密を守ってくれるなら、いい人の和哉くんにお願いしたいことがあるのだけど……」

「え……な、なんでしょう」

絵里は和哉に、手を出すように促してきた。和哉が言われたとおりにすると、絵里は和哉の掌に、カプセル型の機械のようなものを置いた。

「……私、こういう道具を使ってオナニーするのが好きなの」

派手なピンクのそれは、絵里が先ほど己の股間に擦りつけていたもの。

和哉にもすぐ察しがつく。いわゆるローターだろう。なにかで拭《ぬぐ》ったのか、なめらかなシリコンの表面に、絵里のはしたない蜜は付着していなかった。

ただ、ほんのりと彼女の恥臭が漂ってくるような気はする。このピンクの物体が、そのバイブレーションで女の蕾《つぼみ》を打ち震わせ、彼女を肉悦の極みに導いたのだ。

戸惑う和哉に、頬を赤らめた絵里がこう囁く。

「和哉くんに、私のオナニーを手伝ってほしいのだけど……どうかしら？」

輝きを宿した瞳、冒険に憧れる子供のような眼差しが、和哉に向けられていた。

3

可憐な人妻令嬢の淫らなお願いを断れるわけもなかった。

「今夜の午前一時に、またここに来て」と言われた和哉は、三十分前には物置部屋の前に来ていた。恵も承子も、夜の十一時には入浴を済ませて自室に戻っていたので、今頃はもう寝ているだろう。

日中に、一時的に吹雪がやんだものの、今はまた雪と風が吹き荒れている。

玄関ポーチから、雪の積もった階段を、手すりにしがみつきながら下りていったときは、かなりひやひやした。身体が吹き飛ばされるほどの暴風というわけではなかったが、少しでも油断をするとバランスを崩し、雪で足を滑らせてしまいそうだった。

無事に山荘の床下スペースへ入れた和哉は、ダウンジャケットの雪を払うと、吹き込む冷気に震えながら物置部屋に入って、すぐに灯りと電気ストーブをつけた。

物置とはいえ、堂々たる山荘にふさわしく、しっかりとした造りのようである。人がどんな大声を出しても掻き消してしまうだろう吹雪の風切り音も、この中ではかなり抑え込まれていた。きっと壁も分厚いのだろう。セントラルヒーティングほどの効果ではなかったが、電気ストーブ一台の発熱で、室内は着実に温まっていく。

部屋の奥の方に、段ボール箱などの様々な荷物が置かれていて、そこに折りたたみ式のアウトドアチェアが三つ立てかけられていた。和哉はそのうちの一つを開いて腰掛け、絵里が来るのを待った。

(承子さんに続き、絵里さんとも秘密を持つことになるとはな……)

承子は未亡人だったが、絵里は人妻。今夜のことは不貞行為になるかもしれない。だが、やはり躊躇いよりも期待の方が大きかった。それに、夜這いの彼女が誰なのか、またなにかヒントが得られるかもしれない。

(絵里さんが、あの夜の女の人だという可能性も、ないとは言い切れないよな)

気弱でおとなしい絵里に夜這いなど無理だと、承子は言っていた。

だが、実の姉である彼女も、絵里がオナニー中毒で、この山荘に来てからも毎晩自分を慰めているような女だとは、夢にも思っていないだろう。

ただ、絵里が夜這いの彼女だとすると、違和感もあった。絵里は小柄ではないが、スレンダーな印象があり、服の上から見た限りでは、胸もそれほど大きいとは思えなかった。明らかに巨乳だったあの夜這いの彼女とは、イメージが合わないのだ。

（じゃあ恵さんか？　それも……ううん）

と、そこに絵里がやってくる。物置部屋に入ってきた彼女は、

「部屋が暖かいわ。和哉くんったら、ずいぶん早く来て、ストーブをつけてくれたみたいね」と、ちょっとだけ悪戯っぽく微笑んだ。

そんなに今夜のことが楽しみだったの？　と言いたいのだろう。和哉に対して、人見知りっぽくおどおどしていた絵里が、そんな冗談を言ってくるとは——正直、驚きだった。

彼女は大きめのビニールポーチを持ってきていた。透明ではないので、その中身は見えない。ただ、想像はついた。

絵里は二段積まれた段ボール箱の上にビニールポーチを置き、ファスナーを開ける。果たせるかな、いかにもアダルトグッズと思われるものが、色も形も様々に、オモチャ箱のように詰まっていた。

「いっぱいありますね……」

「え、ええ……そのときの気分で、使いたいものが違うから」

ただ、せっかく家から持ってきたのに、この山荘ではほとんど使っていなかったそうだ。たとえモーターの振動音を抑えた仕様のバイブやローターでも、使えばそれな

りの音が響いてしまうという。しかし、天井で遮音されているこの部屋なら、気にすることなく存分に使えるだろう。

絵里のコレクションを見せてもらった和哉は、その中に、用途のわからない変わった形状のものを見つけ、興味を引かれた。

「これはなんですか？」

半球状の透明なカップの内側に、ブラシのようなものが装着している。カップの外側には、ゴムボールのようなものがくっついていた。

「これは、つまり……乳首を気持ち良くするためのグッズよ」と、絵里は少し恥ずかしそうにしながらも教えてくれる。

そのゴムボール付きのカップは二つあった。左右の乳首に、同時に使うのだろう。

和哉は、カップの内側にあるブラシ状のものを触ってみた。シリコン製のそれは、適度な柔らかさと弾力を兼ね備えていた。

「和哉くんは、それが気になるの？」

「え？　ええ、まあ……」

「そう……じゃあ、それから使ってみる？」

そう言って、もじもじする絵里。和哉に対してだいぶ心を開いてくれたようだが、とはいえ恥ずかしいものは恥ずかしいのだろう。

だが、それでも絵里は、和哉に「はい」と言ってほしがっている。和哉をじっと見つめる瞳が、そんな彼女の期待を物語っている。だから和哉も力強く頷いてみせた。

「はい、僕、これを絵里さんに使ってみたいです」

「わかったわ。じゃあ……準備するね」

絵里の美貌が朱色に染まる。まずはダウンジャケットを、続けてニットセーターやチノパンを脱いでいき、次々にハンガーラックへ掛けていった。部屋はだいぶ暖まっていたので、和哉もダウンジャケットを脱ぐ。

露わになっていく絵里の素肌は、透き通るように白く美しかった。そして思ったとおり、肉づきの控えめな身体だった。

ただ腰回りは、熟れ始めた三十路の女体らしく、しっかりと柔らかなカーブを描いている。白のパンティに包まれた尻は、網目のネットで守られている可愛らしい桃のよう。太腿にもまずまずの脂《あぶら》が乗って、ムチッと張り詰めていた。

そしてなにより和哉の目を引きつけたのは、想像以上に豊かな胸の膨らみだった。

下着姿になった絵里が、恥じらいながらもいよいよブラジャーを外すと、和哉の掌にギリギリ収まるか収まらないかというサイズの乳房が現れる。巨乳というほどの大きさではないが、下乳の丸みもふくよかな、釣り鐘型の美しい双丘だった。

（Cカップよりは多分大きいだろうな。Dカップかな？）

十代の女子もかくやという、初々しい薄桃色の乳首が、左右揃ってツンと上を向いている。

「凄く綺麗なオッパイですね。それに絵里さんは痩せ型だから、こんなに大きいとは思ってませんでした」

「そ、そう？　ありがとう、うふふっ」

和哉が素直に褒めると、絵里は照れくさそうに笑った。

褒められて自信がついたのか、絵里は微笑みながらするりとパンティも下ろし、両足を引き抜く。全裸となって、例のアウトドア用の折りたたみ椅子に腰掛けた。太腿をぴったりと閉じた、淑女らしく上品な座り方で、股間のスリットが覗けてしまうようなことはなかったが、ヴィーナスの丘を飾る草叢《くさむら》はわずかに見て取れた。薄い茂みで地肌はありありと透け、形はこぢんまりとした逆三角形に整えられていた。

「それじゃあ和哉くん、そのカップにローションを塗って」

絵里のビニールポーチには、ローションのボトルも入っていた。乳首ローターのカップの縁と、ブラシの部分に、ローションを塗るのだという。それによって乳肌への吸いつきが良くなり、ブラシによる摩擦も適度にマイルドになるそうだ。

言われたとおりに準備を整えたら、いよいよ装着である。ゴムボールの部分を軽く潰してから、乳輪ごと収めるように透明なカップを被せ、ゴムボールから手を放す。スポイトの如く、カップの中の空気が吸い上げられ、吸引された乳肉がカップ内で軽く盛り上がった。

装置の中にある空気の通り道は弁になっているらしく、ゴムボールを押し潰すたび、内部の空気は吸い出され、吸盤のようにカップが乳肌に張りついていった。これらの作業を、反対側の乳首にも施す。

「うん……どっちもぴったり吸いついているわ。これなら外れないと思うから、電源を入れてみて」

「は、はいっ」

電源スイッチは、ゴムボールの頂点のところにあった。和哉はそれを左右同時に、一、二秒、長押しした。

唐突に唸りを上げて、乳首ローターが動きだす。ブラシ部分が回転を始め、電動歯ブラシの如く乳首を磨《みが》きだしたのだ。

「ああっ！　う……ううぅぅん！」

ローションをまとったシリコン製のブラシが、絵里の乳首に絡みつき、回転しながら擦り立てる。絵里は背中を仰け反らせ、ビクビクと打ち震えながら苦悶の声を漏らした。

まるで電気椅子で処刑されているかのような、いきなりの激しい反応に、和哉は少々気圧《けお》されるほどだった。「……き、気持ちいいんですか？」

「ええ、ええ！」絵里は何度も首を縦に振る。「乳首が、ムズムズしてっ……でも、乳首だけじゃないの。乳輪も……あ、あぁぁ、んーっ！」

ブラシの先端が、高速回転で乳輪をも撫で擦っていた。人間の指や舌では到底再現できない、機械ならではの肉責めによって、絵里は身をよじりまくる。天井の遮音材を信頼してか、もはや喘ぎ声を我慢する気は欠片《かけら》もないようだった。

ただ絵里が言うには、乳首への刺激だけでは、どんなに気持ち良くても絶頂には至れないという。絵里は上品に肉づく太腿を、ゆっくりと開いていった。早くも恥蜜を滴らせる肉のスリットをさらけ出し、さらなる淫具の投入を求めてきた。

「和哉くんの好きなのを使っていいから、こっちもお願い……」

「は、はい」

和哉はあたふたと、絵里のコレクションを物色する。バイブと思われる模造ペニスや、柄の曲がったエリンギのようなものや――中には、どう使えばいいのかわからない、水道の蛇口のような形状のものもあった。

この手のものを使ったことがない和哉は、どれにしようかと悩む。すべて絵里のお気に入りなのだろうが、どれも上手に使える気がしない。

仕方がないので一番シンプルな形状の、例のカプセル型のローターを選んだ。乳首ローターと同様に、電源スイッチを長押しすると、和哉の掌の中で勢いよく振動を始めた。

和哉は、絵里が座るアウトドアチェアの前にひざまずく。絵里は座面に浅く腰掛け直し、すらりとしたコンパスをさらに広げて、和哉を招き入れた。清楚な淑女がガニ股で恥唇を露わにしている格好は、たまらなく破廉恥で、和哉は劣情を昂ぶらせながら身を乗り出す。

色白の彼女によく似合う、パステルピンクの花弁は、小ぶりで皺も少なく、すっきりとした形をしていた。人妻の女陰としてはだいぶ初々しかったが、それもまた彼女らしかった。

顔を近づけると、ほんのりと恥臭が漂ってくる。絵里が姉たちと入浴を済ませたのは、夜の十一時頃。それから二時間ほど経っているので、多少は汗をかいて、パンティの中で蒸れたのかもしれない。トイレにも行ったのだろう。甘酸っぱい香気の中に、秘めやかな刺激臭が確かに感じられた。

「はあっ……ああん、か、和哉くん、匂い、嗅いでる……？　い、いやあぁ」

絵里の手が、和哉の鼻を押さえてくる。しかし和哉はその手を払いのけ、ますます肉裂に顔を寄せると、湿気を含んだ牝のアロマを胸一杯吸い込んだ。

（ああ、とってもいやらしい匂いだ）

牡の官能を昂ぶらせ、振動するローターで割れ目をなぞっていく。下から上へ、下から上へ。

「ああーっ……あうう……はうっ、ううぅん……」

膣口から溢れた女蜜を塗り広げるように、可愛らしい花弁を始め、割れ目の内側すべてをまんべんなくマッサージしていく。

ただし、最も敏感な部分だけは、後のお楽しみにしておいた。すると、絵里の媚声はどんどん切なげになっていく。

「あっ、ううぅ……か、和哉くん、そろそろ一番大事なところを……い、いやぁん、そこはオシッコの穴よぉ……ひっ、あ、あぁ」

尿道口へのローター愛撫もまんざらではなさそうだったが、絵里が求めているものとは違った。彼女の腰が焦れったそうにひくつくのを見て、和哉はいよいよローターをクリトリスにあてがう。

包皮の上からローターをそっと触れさせただけで、もどかしげに閉じたり開いたりしていた華奢な美脚が、ダウジングロッドの如くほぼ百八十度にガバッと開いた。

「ひううっ、そ、そうっ！　クリトリスに……ああっ、クリトリスを、も、もっとブルブルさせてぇぇ」

承子に施された性教育で、陰核がいかに敏感か、和哉も心得ている。ローターで包皮の表面を優しくさすると、絵里はよだれを垂らさんばかりにはしたなく相好《そうごう》を崩していく。

みるみる膨らんでいく陰核は、ついに内側から包皮をめくり上げ、つるんと発芽した。オナニー好きだという絵里のそれはなかなかの大粒で、小指どころか人差し指の先くらいの大きさがあった。

つややかに光る肉真珠を、たっぷりの女蜜を絡めたローターで撫で上げると、

「はひっ、いいぃ！　あぁぁ、クリトリス痺れちゃう……あは、ああっ、ううんっ」

絵里は悪寒に襲われたかのように身震いし、美しいカーブを描く豊乳を小気味良く弾ませた。

和哉は空いている方の手を伸ばし、親指と人差し指の股ですくい上げるようにして、彼女の下乳の膨らみを揉んでみる。熟《じゆく》す直前の果実のような、適度な張りのある乳房は、もちろん柔らかいが、確かな弾力が和哉の指を跳ね返してきた。

（この感触は……あの夜這いの人のオッパイとは違う）

夜這いの彼女の乳房はもっと柔らかかった。軽く揉み込むだけで、掌の中で乳肉が溶けてなくなってしまいそうな感じだった。

それに、そもそも大きさが違う。あのときは部屋が真っ暗だったので、目で見て確認できたわけではないが、夜這いの彼女の乳房はもっと巨乳だった気がするのだ。

生まれて初めて触った乳房だったので、ことさら大きく感じられた——ということもなくはないだろう。ただ、掌に伝わってくる推定Dカップの揉み心地は、やはり違う。この心地良い弾力は、初めて体感したものだった。

（これは、あの夜のオッパイじゃない）

夜這いの彼女は絵里ではなく、承子でもない。だとすると——。

「あふっ、ああっ……ね、ねえ、和哉くん」

不意に絵里が声をかけてきて、和哉の思考を遮った。

「あっ……は、はい、なんですか？」

「うぅん、ローターの振動をね……もうちょっと強くしてくれる？」

今のローターは、振動が最も弱い状態だそうで、どうやら絵里は物足りなくなってきたらしい。彼女に言われたとおりに操作すると、電源ボタンを押すたびにバイブレーションが強くなったり、振動のリズムに変化が生まれたりした。

「あううっ……う、うん、それがいいわ。それをクリトリスの付け根に、こう、押し当てるように……あひ、い、いいぃ」

振動の強さは中くらいで、ブブブッ、ブブブッと断続的に繰り返される。そのパターンが絵里のお気に召したようである。

はしたない媚声を漏らす上の口だけでなく、下の口もパクパクと収縮し、膣穴の奥から次々と淫らな蜜を溢れさせていった。

(……凄いな。こんなにいっぱい出るんだ)

承子のときは、これほどまでには濡れなかった。あるいは絵里は、愛液が多い体質なのかもしれない。今や割れ目からこぼれた分が、アウトドアチェアの布製の座面をぐっしょりと濡らし、大きな染みを作っていた。

「……絵里さん、アソコに指を入れてもいいですか？」

「くぅ、ん……ゆ、指を？　ええ、いいわ……」

和哉は片手でローターを押し当てながら、もう片方の手の中指を、女壺に差し込んでみた。熱く火照った狭穴を、蜜肉を掻き分けて進むと、なかなかの膣圧でキュッキュッと中指が締めつけられた。

内部はたっぷりと潤っていて、指の付け根の辺りまで難なく挿入できる。

ただ和哉は、クンニの舌使いは承子から教わっていたものの、指を挿入したときのやり方はまだ知らなかった。こんな感じだろうかと、探りを入れるように中指を抽送させてみる。

絵里は、嫌がってはいないが、特に悦んでもいなさそうだった。

が、和哉の指が膣壁のある一点を捉えた瞬間、反応が変わる。

「はぁん、い、今のところっ……Gスポットおぉ……！」

Gスポットという言葉は、和哉もなんとなく知っていた。クリトリスに次いで有名な、女性器の快感スポットの一つである。ここですか？　と、和哉は中指の腹で〝今のところ〟を探ってみた。

「んん、ううぅ、そう、その辺りよ……他よりちょっとザラザラしているところが……あぅん、そ、そこおぉ」

絵里の言うとおり、膣内の腹部側の肉壁に、なにやらザラザラした部分があった。

それがGスポットだという。絵里はオナニーをするときに、クリトリスだけでなく、そちらもよくいじるのだそうだ。

「へえ……ここをどうすると気持ちいいんですか？　擦るんですか？」

「う、ううん……擦ってもいいけど、それより指を曲げて、グッグッて押してもらった方が……で、でも、それをされちゃうと私………あ、待って、ああっ」

和哉は早速、中指を曲げて、その部分を圧迫してみた。中指の先を膣肉に軽く食い込ませると、そのたびに絵里は艶めかしい悲鳴を上げて身悶える。まさに女を狂わせるスイッチのボタンのようだった。

「いやぁ、待って、気持ちいいのだけど、気持ち良すぎて……あぐっ、ううっ、で、出ちゃいそう……！」

「出ちゃいそうって……なにがですか？」

「し、潮吹きって、聞いたことない？　Gスポットを刺激すると、オシッコの穴がジンジンしてきて、ときどき本当に出ちゃうのよ……だから、あぁん、ダメ、ひっ、ひいっ……！」

潮吹き自体は、和哉もAVなどで見たことがあった。医学的にどういう現象なのかは知らないが、〝女が気持ち良くなってお漏らしをする〟ということには、男として大いに劣情を掻き立てられる。和哉は、絵里の制止の声も聞こえぬふりをし、さらにGの膣壁をプッシュし続けた。

乳首とクリトリス、そしてGスポット——女体の泣きどころを淫具で、指で、三箇所同時に責められた絵里は、すっかり淑女の顔を忘れてしまう。そして、苦悶と喜悦をかわるがわるその美貌に浮かび上がらせた。

「ああっ、ダメダメ、本当に出ちゃうぅ……ひ、ひいっ、んんん……！」

「でも、気持ちいいんですよね？　どうしますか、ほんとにやめた方がいいなら、そうしますけど？」

「それはっ……う、うぅ」

絵里は淫らな表情に葛藤の色を浮かべ、一瞬、口ごもる。

だが、ほどなくして、叱られた子供が言い訳をするように、

「あぐうぅ……だって、だって、恥ずかしいわ……和哉くんはなんとも思わないの？　いい年した女がお漏らしみたいなことを……なんて、ば、馬鹿にしない？」

肉悦によるものか、それとも羞恥の涙か——瞳を潤《うる》ませて尋ねてきた。

和哉はその瞳に微笑み返す。「馬鹿になんてしませんよ。気持ち良くて出ちゃうなら、男の射精みたいなものじゃないですか。いっぱい出してくれた方が嬉しいです」

そしてGスポットへの淫らな指圧に、さらに力を込めていった。

絵里はアウトドアチェアの肘掛けを握り締めて、ヒイイッと仰け反り、ピンと伸ばした足首を打ち震わせる。可憐な花弁に囲まれた媚肉の中心では、尿道口の小さな穴がしきりに蠢き、今にもなにかを噴き出しそうだった。

「い、いひっ……いいぃのね？　本当に私、出しちゃうからぁ……！　あぁぁ、こんなに気持ちいいのは……は、初めてかもっ……人に見られながら潮吹きしちゃうなんて……あーっ、ああっ、来る、来るうぅ」

もはやその美貌に憂いはなく、笑みを浮かべる瞳には理性も感じられない。

半ば白目を剝いて、朱唇をだらしなく半開きにして――内気でおとなしい淑女の顔などただの仮面だったかのように、絵里は見事なアへ顔を晒《さら》していた。

「イク、イクッ、出るうぅ……あぁぁあぁ、イ、イクーッ!!」

すべての悩みから解放されたような歓呼の声を上げ、女体が弓なりに引き攣る。

そして尿道口から透明な液体がほとばしった。飛沫《しぶき》を撒《ま》き散らしながらもピュピューッと弧を描いて、和哉のネルシャツの胸元やズボンを濡らしていった。

この透明な液体の正体を、和哉は知らない。だが、仮にこれが小水だったとしても、汚いとは思わなかった。和哉の指が絵里を悦ばせ、その結果として出てきたものなのだから。

勝利の美酒をその身に浴びているような誇らしさすらあった。

4

絵里が双乳に吸いついていたカップ型ローターを止め、和哉もカプセル型ローターの電源を切る。絵里はアウトドアチェアにぐったりと背中を預け、しばらく呼吸を整えてから、「……ごめんなさい、ひっかけちゃって」と謝ってきた。

「気にしないでください」と、和哉は首を振る。ほとばしった淫水は、ほとんどが和哉の身体にかかって、物置部屋の床には小さな染みがいくつか残っているだけだった。

幸い和哉は、上着だけでなくズボンの替えも、一応家から持ってきていた。むしろ床に大きな水溜りを作ってしまっていた方が、後始末が大変だったろう。

微笑む和哉を見て、絵里もほっとしたように頬を緩めた。

「……ありがとう、和哉くん。私、人にしてもらうのがこんなに気持ちいいなんて思わなかったわ」

絵里が普段、アダルトグッズを使ってオナニーをするときの、自分の慣れたやり方とはまた違ったので、とても新鮮な気分が味わえたという。

「旦那さんにローターとかを使ってもらったりはしないんですか？」

和哉の問いに、絵里は苦笑いを浮かべた。「私がこういうオモチャを持ってるのは、夫には内緒なの。あの人は私のことを、エッチなこととは無縁の〝お嬢様〟だと思ってるから、私がオナニーをしてることすら想像できないと思うわ」

そんな絵里の夫は、性的なことにあまり興味がないらしく、プラトニックな愛を重視しているという。大学生のときに絵里が身体を壊して入院したとき、その病院の院長の息子だった彼が、絵里に一目惚れしたのだとか。それがきっかけで結婚したというわけである。

夫は、絵里も自分と同様の考えだと思っているらしい。だから結婚したばかりの頃から、夫婦の営みは月に一回あるかないかだったそうだ。それから五年経った今では、半年に一回ほどとなっていた。次男の彼は、あるいは一生子供を作らなくてもいいと考えているのかもしれないという。

「……でも、子作りのことはともかくとして、私にだって性欲はあるわ」

そんな夫婦生活のせいで、絵里はますますオナニーに嵌まっていったのだそうだ。

「精神的にはとっても愛してもらってるわ。でも、滅多にセックスをしないから、夫の愛撫はいつまで経っても、その……」

上手じゃないのよ――と、絵里はまた苦笑する。

「和哉くんの愛撫は凄く良かったわ。ローターも、指の使い方も。だから、ね、もう一回お願いしてもいい……？」

あどけなさを残した大人の美貌で、甘えるようにじっと見つめてくる絵里。

もちろん和哉も、これで終わるつもりはなかった。女を潮吹きに導いて、大きな達成感は得たものの、それだけで満足できるわけがない。

「じゃあ……今度はこれを使っていいですか？」

すっくと立ち上がると、手早くボタンを外し、ファスナーを下ろして、パンツごと一気に膝までズボンをずり下げた。

すでに充血しきっていたペニスは、バネ仕掛けのオモチャのように飛び出す。反り返る十六センチ強の牡のシンボル、幹のあちこちに青筋を浮かべた野太いイチモツを見て、絵里はヒイッと息を呑んだ。

「え……えぇ……!?　す、凄い……オチ×チンがこんなに大きくなるなんて……だ、大丈夫なの？　こんなにパンパンになって……痛くない？」

「大丈夫ですよ。勃起しすぎてちょっとズキズキしてますけど、絵里さんの中に入れてもらえれば、気持ちいい方が勝っちゃうでしょうから」

「これを、私の中に……？」

絵里は目を見開いて、若勃起を見つめる。

最初は怯《おび》えた表情すら見せていたが、恐る恐るといった様子で手を伸ばし、そそり立つ肉棒に指を絡めてそっと握ると、次第に落ち着いていったようだった。

「え、ええ、そうね……こうして触ってると、だんだん怖くなくなってくるわ。ピクッピクッて震えて、この子も気持ち良くなりたがってるのよね」

「はい、そうなんです」

しかし絵里は、困った顔をしてペニスから手を放してしまう。

「で、でも、セックスは……不倫になっちゃうし……」

昼間にここで会ったとき、彼女は〝私のオナニーを手伝ってほしい〟と言っていた。どうやら、本当にそれ以上のことをするつもりはなかったようだ。ここまでしておいて、そりゃないよと和哉は呆《あき》れた。

美しき淑女の潮吹きアクメを目の当《ま》たりにした今、一刻も早く挿入したくて下半身がウズウズしている。だが、レイプ同然に無理矢理押し入るような真似はしたくなかった。和哉はしばし考え込む。

「……わかりました。じゃあ、僕は動きません」

「え？」

和哉は物置部屋に積まれた段ボール箱を、床に二列に並べていって、簡易ベッドのようなものを作った。そして、その上に仰向けになる。同じ高さの段ボール箱が足りず、和哉の全身を収めるだけの面積にならなくて、膝から下が床に落ちてしまったが、まぁ仕方ないと諦めた。

「さあ、絵里さん、どうぞ。僕はこうして寝っ転がっているだけなので、このチ×ポを好きなように使って、気持ち良くなってください。それならバイブとかでオナニーしてるのと一緒ですよね？」

「オ……オチ×チンを使ったオナニー？　ううん、どうなのかしら……」怪訝《けげん》そうに首をひねる絵里。

確かに、屁理屈といわれればそれまでだ。しかし、絵里も和哉とのセックスに興味がないわけではないようで、難しい顔をしながらもチラリチラリと、反り返る極太のイチモツに好奇の眼差しを送ってくる。

「そ……そうね、本物のオチ×チンを使っただけの、ただのオナニーよね……うん」

そう言って、ついに絵里も段ボール箱のベッドに上がってきた。和哉をまたぎ、スクワットをするような中腰の体勢になる。女の方だけが動くとなると、やはり騎乗位が適しているだろう。

だが、そんな挿入直前の体勢で、絵里は急に止まってしまう。

まだ躊躇いが残っているのだろうか？　和哉が待っていると、やがて絵里は申し訳なさそうにこう告げた。

「あ、あのね……実は私、こういう体位は初めてなの。上手くできるか、あんまり自信ないわ」

プラトニックな愛を重視している絵里の夫は、セックスそのものを愉しむ気持ちがあまりないようで、たまに行う夫婦の営みも正常位一択なのだとか。夫とのセックスしか経験がない絵里は、それ以外の体位をしたことがないという。

しかし、それはそれで和哉を昂ぶらせた。人妻で、しかも大金持ちの娘である彼女の〝初めて〟を、和哉が頂くということになるのだから。

和哉は自らペニスを垂直に握り起こして、「とにかくやってみましょう」と、絵里を促した。「……そうね」と、絵里は意を決したように頷き、おずおずと腰を下ろしていく。股座を覗き込んで、腰の角度を調整しながら。

と、ちょうど割れ目の中に、ペニスの穂先が埋まった。絵里がさらに腰の向きを微調整し、肉の窪地に鈴口が嵌まると、膣穴から溢れ出た愛液が、たちまちペニスの幹を伝ってツーッと流れていった。

「じゃあ、いくわ……オチ×チン、そのまま支えていてね……。う、ううぅん……あぁ、やっぱり太すぎるぅ」

肉棒に絵里の体重がかかってくるが、そう簡単に挿入は果たされなかった。和哉は無理に急かさず、彼女のタイミングを待つ。絵里は、痛みのせいで挿入を躊躇っているわけではないという。

「もちろんちょっとは痛いけど、それよりも、こんな大きなオチ×チンを入れて、アソコが裂けちゃうんじゃないかって……それが怖いの」

しかし、最終的には絵里も覚悟を決め、ズブリ、ズブリと、肉杭で自らを貫いていった。赤剝けた亀頭が、張り出した雁エラが、幹が、女体の中へゆっくりと潜り込んでいく。

（うう、狭い……絵里さんのオマ×コ）

膣圧が強いというよりも、穴自体の差し渡しが短いという感じだった。やや硬い感触の膣肉をメリメリと掻き分けて、剛直はより深く埋まっていく。柔軟性に富んだ承子の膣壺とはまるで違う嵌め心地で、肉壁がペニスの隅々に吸いついてくるようなことはなかった。

（この感触は……どちらかといえば、あの夜這いの女の人に近いような。でも、あの人のオマ×コは、ただ単に穴が狭いんじゃなくて、物凄い力で締めつけてくるって感じだったんだよな）

とはいっても、絵里の膣穴が気持ち良くないわけではない。穴が狭ければ、当然摩擦感は強くなるのだから。膣路の奥まで剛直を収めると、絵里はしばらく深呼吸をしてから和哉の腹部に両手をつき、緩やかに抽送を始めた。

「うぅ、んんん……あぁ、あ、アソコの穴がこんなに押し広げられて……でもなんだか、それが痛気持ちいいって感じなの……は、はあぁん」

次々と溢れてくる愛液が天然ローションとなり、張り詰めた牡肉と牝肉の摩擦を介助してくれる。硬めだった膣壁も少しずつだがほぐれていって、抽送は着実にスムーズになっていった。

（どんどん気持ち良くなっていく……ああ）

若さゆえか、セックス不精の夫のおかげか、絵里の膣内を覆う無数の襞《ひだ》はあまり使い込まれていない様子で、角がツンと立っている。そんな肉ヤスリに亀頭がゴリゴリと擦られ、和哉はたまらず鈴口から先走り汁を吐き出した。

　ただでさえ絵里の淫水を浴びて興奮し、官能を燃え上がらせていたのである。このまま彼女の嵌め腰が順調に加速していったら、たちどころに果ててしまっただろう。

　しかし絵里のストロークは、それ以上加速しなくなった。それどころか――不意に止まってしまった。

　彼女の美貌は苦しげに歪み、いつの間にかその額には、大粒の汗がいくつも浮かんでいた。ついには和哉の腰にぺたんと着座して、荒い呼吸の合間に、ごめんなさいと謝ってくる。

「騎乗位って……こんなに疲れるのね……膝がもうガクガクで……私……普段からそんなに運動とかしてないから……」

　スクワットの如き屈伸運動を続けられなくなってしまったそうだ。

　すらりとした四肢の、美しくも華奢な身体を見れば、彼女がか弱いのは一目瞭然《いちもくりょうぜん》。さもありなんという結果だった。

　しかし、ここまで来てセックスを諦められる和哉ではない。絵里だって、和哉の太マラに愉悦を感じ始めていたはずだ。

　ならば、〝僕は動きません〟という約束を破ることになっても仕方がないだろう。和哉は絵里に、膝立ちで中腰になってくださいと伝えた。絵里は「こ、こう……？」

と、騎乗位の結合を続けたまま、蹲踞《そんきょ》の構えから体勢を変える。

絵里の尻が持ち上がるや、和哉は両膝を立てて、自らの腰を突き上げた。強い摩擦快感を伴って、肉棒が女体の奥まで串刺しにする。

「あっ!? ううぅ、か、和哉くん、動かないって約束じゃ……。ダメよ、これじゃ、セックスになっちゃうぅ」

「ピストン機能付きの天然バイブですよ、ほらっ」

和哉は構わずに抽送を始めた。もっと腰を上げてくださいとせっつくように、パン、パン、パンと、小ぶりの丸尻へ嵌め腰を打ちつけ、膣底に亀頭をめり込ませる。

「いやあぁ、和哉くんったら、そんな言い訳、通用するわけ……うっ、んんっ、ダメぇ、アソコのお肉が、ああっ、めくれちゃうぅ」

しかし口ではダメと言いながら、絵里の腰は艶めかしく戦慄き、可憐な美貌は牝の色を濃くしていった。

和哉の一突きごとに、女体は前へ前へとずれていき、とうとう絵里は、和哉の顔の横に両手をついて、覆い被さるような格好で四つん這いになってしまう。

互いの腰の間に充分なスペースが生まれたことで、ストロークの幅もより広げられるようになった。和哉はピストンを励まし、これまでよりも大振りに腰を使っていく。

（絵里さんのオマ×コ、また少し柔らかくなって、その分、プリプリした弾力が出てきた。凄く気持ちいい……）

嵌めるほどに旨味を増す、熟れかけの膣肉。彼女の夫はこの嵌め心地を知っているのだろうか？　おそらくは知るまい。知っていたら、半年に一度しか妻を抱かないなんて、そんなもったいないことはできないだろう。

夫も知らぬ妻の味を、和哉だけが知っている。そのことに、背徳の優越感が込み上げた。本日、まだ一度も吐精していない和哉は、みるみる射精感を募らせていく。

一方で絵里の方も、嵌め腰のストロークが大きくなってから、明らかに反応が強くなっていた。小刻みなピストンで膣底を連続ノックされるよりも、今の方が気持ちいいのですかと、和哉は尋ねてみる。

絵里は熱く湿った吐息で喘ぎながら、「え、ええ……」と頷いた。

「私は、奥よりも手前の方が……Gスポットの方が感じる質だから……ほぉ、お、おぉ……オチ×チンが、ひっ、引っ掛かってえぇ……！」

日本刀の如く反り返ったペニスの切っ先が、グリッ、グリッとGの膣肉を引っ搔き、それがたまらなく気持ちいいのだという。

承子は膣底のポルチオを突かれることで最も感じていた。たとえ姉妹でも、女壺の感じ方は人それぞれだと、和哉は知る。ならばと、浅めの挿入で小刻みにピストンし、絵里のGスポットに延々と亀頭を擦りつける腰使いへ切り換えた。

絵里は四つん這いの腕をプルプルと震わせて、快感に悶える。

「おほおぉ……い、いっ！　でも、ああん、そこをそんなに責められたら、また……ううーっ、で、出ちゃうぅ！」

どうやら絵里はアクメが近いらしい。その証のように、膣の肉壁が艶めかしくうねりだし、亀頭や雁首を揉み込んでくる。ペニスに走る快感はさらに甘美となり、和哉は奥歯を嚙み締めた。

（ううう……どうせなら、一緒にイキたい）

バイブ役を買って出た以上、自分だけ先に果ててしまうのは気が引けた。

和哉の顔の近くでは、例のカップ型の乳首ローターがぶら下がっている。まだ絵里の乳房に装着されたままで、彼女が肉悦に身をよじるたび、前後左右に揺れていた。

（きっとこれも、回転の仕方にいろんなパターンがあるんだろうな）

和哉は二つの乳首ローターを同時にオンにする。さらに電源ボタンを押していくと、案の定、カップ内のブラシの回転スピードがアップしたり、断続的に回転と停止を繰り返したりした。

「回転の仕方にも、いろんな種類があるんですね。絵里さんはどれがいいですか？」

「わ、私は……あぁ……あ、そ、それっ！　それが一番好きなの……乳首が、左右に揉みくちゃにされてる感じで……うぅ、うふぅんっ」

それはブラシが右回転と左回転を数秒ごとに繰り返すパターンだった。

透明なカップの中で、薄桃色の愛らしい乳首が、唸りを上げるシリコン製ブラシに蹂躙《じゅうりん》される。回転、逆回転、また回転——その向きが変わるたび、乳首が左右にねじれるような、ゾクゾクする快美感が走るそうだ。絵里は顔いっぱいに、発情しきった牝の笑みを浮かべる。

彼女の下の口が垂らしたよだれは、今や和哉の陰嚢《いんのう》までもドロドロに濡らしていて、結合部からは、ジュポッ、ジュポッ、チュボボッと卑猥な肉擦れ音が鳴り響いていた。甘酸っぱい淫臭も、鼻先まで濃密に漂ってくる。

「あぁ、いい、いいのぉ、もっと突いて、もっとグリグリ、ゴシゴシしてぇ……！　乳首が気持ちいいと、アソコも凄く感じちゃうぅ……あっ、あぁーっ」

背中を弓なりにして仰け反り、ついに女体が断末魔に打ち震えた。

「イッちゃうぅ……イクイクッ、イグぅぅん!!」

そして予想どおり、絵里はイキ潮を噴き出す。生温かい液体が、射精の如く、繰り返しほとばしって、和哉の下腹や太腿を濡らしていった。

絵里のアクメを確認した和哉は、再び抽送のストロークを長くして、自らを追い込むピストンを施した。絶頂を迎えた膣壺は、燃え上がるように火照り、うねりながら締めつけてきて、最上級の摩擦快感でペニスの急所を包み込んだ。

「ぼ、僕も、出ますっ……クッ……グウゥーッ!!」

ペニスの付け根まで膣穴に突き刺し、和哉もまた、多量の樹液をほとばしらせる。

人妻の子宮に直接注ぎ込んでいるような、その背徳感に酔いしれながら——。


男の絶頂感は一瞬だが、女のそれは長く続くという。

絵里はこれまでのオナニーや夫婦の営みでは得られなかった、人生最高のオルガスムスを体験したそうだ。「この余韻は、きっと今夜寝るまでずっと続くわ」と、彼女は幸せそうに言った。

絵里は心も身体も充分に満たされたようだが、和哉はまだ一度の射精のみ。女に二度も潮吹きをさせたことで、精神的にはそれなりに満足していたが、愚息の方はまだ足りぬとばかりに、彼女の中で瞬く間に回復した。

結合を解いた絵里は、まるで今の射精がなかったかのように鎌首《かまくび》をもたげているフル勃起を見て、目を丸くする。

が、その瞳に、再び冒険心と淫気の光が宿った。

色っぽく頰を赤らめて、それでも恥じらいを残しながら、絵里はこう言った。

「あ、あのね……私、一度もフェラチオっていうのをしたことがないの」

純愛志向の彼女の夫は、妻に口淫を求めてくることなどなかった。しかし絵里は、自らの唇と舌で男性自身を愛撫する行為に、密かに興味を抱いていたという。

「ねえ、和哉くん……私、初めてだから、きっと下手だと思うけど、それでもいいならフェラチオさせてくれる……？」

和哉としては、もう一度、彼女の狭穴に嵌めたいという思いもあった。

ただ、淑女であり人妻である絵里の初めての口奉仕を受けられる——ということにも、男として興味をそそられた。

(それに、絵里さんのフェラチオを、あの夜の人と比べられるし)

乳房の揉み心地、膣穴の嵌め心地などから判断して、絵里が夜這いの彼女である可能性はかなり低いと思われたが、一応、口淫の仕方も確かめておいた方がいいだろう。

「はい。じゃあ、お願いします」

「いいのね？　うふふ、良かった。ありがとう」

絵里は初めてのフェラチオに挑戦できることを、本当に喜んでいる様子だった。和哉には、彼女が嘘をついているとはとても思えなかった。

絵里に促されて、今度は和哉があのアウトドアチェアに腰掛ける。広げた股の前に絵里がしゃがみ込み、時間が経って若干うなだれた肉棒に美貌を寄せてきた。

べっとりと、白濁《はくだく》した愛液と精液にまみれたペニス。それを間近に見据《みす》え、「ああ、凄い匂い……」と、絵里は眉をひそめる。

「なにか拭《ふ》くものがあればいいんですけど……。すみません。僕、ティッシュとか用意してなくて」

「ううん、いいの。匂いは強いけど、そんなに臭いってわけでもないから……」

私が綺麗にしてあげる──そう言って、絵里は舌を伸ばした。ペニスの根元を指で支え、おずおずと幹を一舐めする。続けてレロッ、レロッと舌を這わせ、側面も丁寧に舐め清めながら、少しずつ肉柱を上っていった。

深窓の美しき人妻による、いわゆる〝お掃除フェラ〟である。和哉はまばたきすら惜しんでその有様を、不思議と上品さを感じさせる舌使いをじっと眺めた。高まる欲情に、たちまちペニスは完全勃起状態まで回復した。

ひとしきり幹の汚れを舐め取った絵里は、裏筋に口づけするように、チュッ、チュッと吸いついてくる。さらには舌先を尖らせて、縫い目をなぞるようにチロチロと舐めてきた。

「ううっ……じょ、上手じゃないですか」

初めてとは思えぬ口奉仕の技に、和哉は驚いた。

「ネットでいろいろと調べたの」と、絵里は恥ずかしそうに答えた。フェラチオに関心を持った彼女は、ネットの記事や動画サイトなどで情報を集めると、模造ペニスのディルドを使っては密かに練習していたという。

絵里は大きく口を開き、いよいよ亀頭を頬張った。その瞬間、まるで処女膜を破ったような感動を、和哉は覚える。小さくて可愛らしい彼女の口では、雁首の辺りまで咥え込むのが精一杯という感じだった。呻き声と共に漏れた鼻息が、和哉の陰毛を微かにそよがせた。

「ふぐぐ、うむうぅ……んっ、んむ、ちゅぼ、じゅる……」

ゆっくりと首を振り始める絵里。朱唇を固く締めて、雁のくびれを小刻みにしごいてくる。やや控えめだったが、蠢く舌で亀頭を舐め回したりもしてくれた。ぎこちなさはあったものの、しっかりと男根のツボを心得た、悪くないフェラチオだった。

ただ、前戯としてならこれで充分だったが、射精までするとなると、和哉は少々物足りなさを感じる。

それが顔に出てしまったのか、絵里はいったんペニスを吐き出すと、苦笑いでごめんなさいと謝ってきた。

口技だけで射精させるのは難しいと判断したのだろう。絵里は例のアダルトグッズの中から、先ほども和哉が使ったあのカプセル型のローターを手にした。

「フェラチオはまだ不慣れだけど、これはそれなりに使い慣れてるから、多分……ううん、きっと気持ち良くしてあげられると思うわ」

絵里はローターの電源をオンにする。高速で震えだしたそれを幹の裏側にあてがうと、撫でつけるように滑らせ、そっと裏筋に当ててきた。

「あっ⁉　ウ、ウウッ、チ×ポが痺れる……！」

和哉はアダルトグッズの類いを持っていないし、使われるのも初めてだった。ローターの振動は、かつて経験したことのない種類の快感を肉棒に与える。

手コキ、フェラチオ、セックス——どれも摩擦がもたらす愉悦がほぼすべてだった。しかし今、震えるローターが軽く触れているだけで、腰が勝手にひくつきだすような快美感がペニスを駆け抜ける。いてもたってもいられない感覚に、和哉はアウトドアチェアの肘掛けを握り締めた。

絵里は次に、稲荷寿司のように縮こまった陰嚢をローターでさすり、左右の睾丸を順番にマッサージする。

それから陰嚢と肛門の間——俗にいう蟻《あり》の戸《と》渡《わた》りに、ローターの先をあてがった。円を描くように撫でたり、グッグッと先端を押しつけてきたりする。

おそらく絵里も、淫具を使ってオナニーをするとき、同じように愛撫するのだろう。実に手慣れたローターの扱《あつか》いで、和哉は股間の奥まで痺れさせられた。

「あ、あう、あぁぁ、なんだか……身体の中からジンジンと気持ち良くって……こ、こんなの初めてです」

絵里はまたペニスを吐き出して教えてくれた。それは多分、前立腺が感じているのだと。前立腺とは、精液に含まれる前立腺液を分泌する臓器だが、それ以外の役目もあり、平滑筋と呼ばれる筋肉でザーメン射出の勢いを補助してくれるのだそうだ。そのため前立腺を刺激すると、射精の瞬間と同じような感覚が生じるのだとか。

つまり蟻の戸渡りから伝わった振動が前立腺まで届いて、実際に射精する前から、それに近い快感をもたらしているわけである。

蟻の戸渡りからの間接的な刺激なので、その快感は、さすがに本物の射精には及ばなかったが、しかし射精と違って、ローターによるマッサージがもたらす快感は、振動が続く限りやむことはなかった。まるで女のオルガスムスのように、いつまでも股間の奥を甘く痺れさせるのである。

「うふふ、男の人もここは気持ちいいのね。良かった」

そして絵里はペニスの肉玉を咥え込み、再びしゃぶりだした。飴玉の如く亀頭を舐め回しつつ、肉エラに唇を引っ掛けるようにしながら雁首をしごいてくる。さらには幹の根元にもシコシコと手コキを施してきた。

「うぐ、ううぅ……なんだか、もしかしたら……」

蟻の戸渡りマッサージで射精に近い感覚が続いているため、自分でもよくわからなかったが、〝本物〟が迫ってきているような気がした。

絵里が上目遣いで、和哉の顔を覗き込んでくる。射精しそうなの？　と尋ねてくるような眼差しに、男の情感が煽られる。

和哉が頷くと、絵里は嬉しそうに目を細め、とどめを刺すように——いや、もっと優しく、和哉をアクメの花園へと導くように、せっせと首振りを励ましては、手淫を加速させた。

「ううっ、で、出ます……あ、あっ、く、くううぅ!!」

ついに肉悦を極めた和哉は、絵里の口内にザーメンを放つ。

一番搾りに劣らぬ量と勢い。絵里がその液弾を受け止められたのは、最初の一発目だけだった。二発目の液弾が喉の奥に撃ち込まれると、途端に絵里はゲホゲホとむせだす。ペニスも吐き出してしまった。

吐精の悦に呆けていた和哉には、なにもできなかった。肉棒は脈打ち、鈴口から樹液が噴き出し続ける。絵里の顔が次々と白く汚れていく。

やがて射精の発作が治まった。鼻の奥がツンとするような青い精臭が、彼女の顔面から濃密に立ち昇っていた。

和哉は、謝るより先に——見惚《みと》れてしまった。絵里の可憐な美貌が、額も頬も、すっと筋の通った鼻梁も、少女のような愛らしさを残した目元や口元まで、白濁する牡汁にたっぷりとまみれていたのだから。

さながら背徳の官能画。背筋がゾクッとするほど凄艶《せいえん》で、悩ましげに眉をひそめている表情も、たまらなく牡の劣情を誘った。

「あっ……す、すみません」我に返った和哉は、慌てて謝る。しかし手のつけようがなかった。ティッシュはない。タオルやハンカチもない。

和哉がおろおろしていると、絵里はゴクッと喉を鳴らして、口の中のものを飲み込んだ。そして自身の指で、頬に張りついている白濁液をこそぎ取り、厭うことなくその指をチュッとしゃぶる。

「ん……いいのよ、和哉くん。私がオチ×チンを吐き出しちゃったせいなんだから、気にしないで」

絵里は顔中のザーメンを次々と拭っていった。和哉も指を使って手伝うと、彼女はそれも綺麗に舐め取った。

「ふふっ、私、精液を飲んだのも初めて。喉の奥に出されたときはついむせちゃったけれど、でも味は……思ったより美味しかったわ」

うっとりと微笑みながら、絵里は唇を端からペロリと舐める。

その一瞬の仕草が妙に艶めかしくて、和哉の股間のものは、またしても熱くなりそうになった——。

第四章　夜這いの彼女の真相

1

絵里が顔面の精液パックを舐め尽くした後——

衣服を整えながら和哉は、「僕がこの山荘に来た日のことなんですけど、深夜に、僕の部屋に来たりしましたか……？」と、絵里に尋ねてみた。

あくまで念のためだったが、案の定、絵里はきょとんとした様子で、「ううん、行ってないわ」と答えた。嘘をついているとは思えなかった。

そうなると、消去法で、夜這いをしたのは長女の恵ということになる。

翌日、和哉は、こっそりと承子に相談してみた。「夜這いをしてきたのは、どうも恵さんのような気がするんです。もしそうだとしたら、どうして恵さんがそんなことをしたのか、承子さんには心当たりがありますか？」と。

承子は難しい顔をする。が、意外にも、和哉の考えに同意してくれた。

「うん、あれから私もいろいろ考えてみたんだけど……めぐ姉さんと絵里しか〝容疑者〟がいないんだったら、めぐ姉さんの方が疑わしいかな」

「じゃあ、心当たりがあるんですね？」

「ええ。でも、これはあくまで私の推測よ。めぐ姉さんが本当に夜這いなんかしたんだとしたら、その理由は……旦那さんへの腹いせなんじゃないかしら」

誰にも言っちゃ駄目よと、固く釘を刺してから、承子は教えてくれる。「めぐ姉さんの旦那さん——つまり私のお義兄《にい》さんなんだけど、あの人、愛人がいるらしいのよ」

半年ほど前に、承子はたまたま聞いてしまったのだそうだ。承子や恵たちの母と、恵の夫との会話を。その母は娘婿にこっそりと、「愛人を作るのはいいですが、未成年はやめなさい」と注意していたという。

「うちの母さんね、どうやら興信所の人に調べてもらったみたい。町園家は多分、長女であるめぐ姉さんの子供が継ぐことになるだろうけど、その父親が悪い女にでも引っ掛かっていたりしたら問題だって、そう思ったんでしょうね」

和哉は理解が追いつかず、首を傾げた。「いや……未成年は確かにまずいでしょうけど、そもそも愛人を作るのがアウトなんじゃないですか？」

承子は、苦笑と共に肩をすくめる。「うちの母さんは、まだ六十前なんだけど、そのわりには考え方が物凄く古いのよ。〝男が愛人の一人や二人作るくらい、大したことじゃない〟って思ってるの」

どうやらその母の口から、愛人の件は恵にも伝えられたそうだ。

しかし恵は何事もなかったように、今でも夫婦を続けているという。

「お義兄さん、愛人のことがバレて、ちょっとは気まずそうにしていたけど、でも、笑っていたのよね。だから、あまり反省していないと思うわ」承子は呆れたように肩をすくめた。「さすがに未成年の女とは別れただろうけど、今はきっと、また新しい愛人がいるんじゃないかしら」

なにしろ愛人を作ること自体は、義母の御墨付きなのだから。

「……恵さんは、それでいいと思ってるんですか？」

その問いに、承子はうつむいて答えた。

「めぐ姉さんは……母さんに逆らえないから」

町園家の祖先は、さかのぼれば江戸時代のお武家様だったという。明治維新で没落して、東京から青森に移住。農業で生計を立てるようになってからも、家柄に対する矜持《きょうじ》は密かに受け継がれていったのだそうだ。

そんな町園家の長女として厳しく育てられた恵は、母親に絶対服従の操り人形のような思春期を送った。誇りと気品を叩き込まれ、優秀さを求められ、少女らしい自由は禁じられ、少しでも落ち度があれば容赦なく叱責され、しかしろくに褒《ほ》められることもなく——次女の承子から見ても気の毒に思えるほどだったという。

「めぐ姉さんは、心の中では今でも、母さんのことを怖がっていると思うわ。だから、母さんがそう考えているなら、めぐ姉さんはそれに従うしかないの」

それでも恵の本心としては、夫が愛人を作ることに納得などできていないだろう。だからその腹いせに、自分もよその男と寝てやろうと思ったのでは——承子はそう考えたのだそうだ。

ただ、まだ確信は持てないでいるという。「だって、旦那さんへの当てつけなら、相手は誰だっていいはずじゃない？　よりにもよって、詠美の彼氏である和哉くんに手を出すなんて、やっぱりちょっとめぐ姉さんらしくない気がするのよ」

恵は、妹たちを甘やかすタイプの優しい姉ではなかったが、それでも面倒見は良かった。長女であることを笠に着て、妹のものを奪ったり、理不尽な命令をしてくるようなことも、一度もなかったそうだ。

そんな彼女が、妹の彼氏を寝取るような真似をするだろうか？　承子の話を聞いた和哉も、同じ疑問を感じた。

だが、承子に続き絵里ともセックスをした感想として、二人のどちらかがあの夜這いの彼女だとは、どうしても思えないのだった。

言葉でなら、いくらでも嘘をつけるだろう。しかし、身体を交わしたときの感触まで、まるで別人のように誤魔化せるものだろうか？

（やっぱり恵さんが夜這いをしてきたとしか思えない。でも……それがわかって、僕はどうしたいんだ？）

和哉はその日、自室に籠って夜遅くまで考えた。

和哉には、あの夜のキスが忘れられなかった。承子や絵里とも交わった今、初体験の夜の最も心に残ることは、セックスよりもあのキスの方だった。

（そういえば、承子さんも絵里さんも、フェラチオまでしてくれたのに、キスはしてこなかったな）

ある意味で、キスは性交以上に特別な行為ということだろうか。

二人とも、和哉が詠美の彼氏であると、まだ信じている。淫欲に抗《あらが》えず、つい妹の彼氏に手を出してしまったが、キスをするという、その一線は越えなかった——そういうことかもしれない。

ではなぜ、夜這いの彼女はセックスの後、和哉の唇を奪ったのか。

あのとき和哉は、世の恋人たちがなぜキスをしたがるのか、わかったような気がした。なんの言葉も交わさず、互いの唇や舌を触れ合わせるだけで、相手の愛情を感じることができた。和哉の胸中にも、相手を愛おしく思う気持ちが膨れ上がった。頭の中が真っ白に溶けてしまうほど、それがたまらなく心地良かったのだ。

（まあ、僕がそんなふうに感じただけで、夜這いの人が実際どう思っていたかはわからないけど……）

あのときに感じた愛情は、初体験の興奮が見せたただの幻で、彼女が口づけをしてきた理由も、本当は単なる気まぐれだったのかもしれない。

しかし和哉の心には、あのとき芽生えた想いが今も残っている。

それは幻ではない。確かに存在して、思い出すたびに和哉の胸を熱くする。

（顔も声もわからないのに……僕はあの人に恋してる）

自分の想い人が本当に恵なのか、どうしても確かめたかった。だが、どうやって？

証拠が残っていない以上、本人の〝自白〟に頼るしかない。

問題は、夜這いをしたのが恵であることを、どうやって恵自身に認めさせるか――だった。和哉は知恵を絞って考える。そして一つの案を思いついた。

妙案とはいいがたかった。ミステリー小説の名探偵が、鮮やかに犯人を罠にかけるような、そんなスマートな方法ではなかったからだ。考えた和哉自身が、ずるいやり方だと思ってしまう。

だが、それ以外にいい案は思いつかなかった。

2

やると決めたら、早い方がいい。覚悟が鈍るし、もしかしたら天気予報が外れて、明日にはすっかり吹雪がやんでしまうかもしれない。姉妹たちの両親を始め、町園家の人々がこの山荘に集まってきたら、いろいろとやりづらくなる。

翌日の午前二時――和哉は自室を出ると、薄暗い廊下を忍び足で進み、そっと恵の部屋の扉を開けた。ハイクラスなペンションを思わせる山荘ではあるが、あくまで身内の者が使用するための別荘なので、各部屋に鍵はついていない。

こんな真夜中を選んだのは、恵に正直になってもらうためだった。

恵が夜這いの彼女だったら、自分がしたことを妹たちには知られたくないだろう。そう考えた和哉は、恵の嘘偽りない告白を促すため、承子や絵里がすっかり寝てしまっているだろう時間まで待ったのだ。

部屋に入って扉を閉め、壁にある照明のスイッチを入れた。ぱっと室内が明るくなり、ほどなくしてベッドから戸惑いの声が聞こえてくる。

「え……？　な……なにっ……？」

身体を起こした恵は、壁際に立っている和哉に気づくと、ギョッとした様子で両目を剝いた。

「か、和哉さんっ？　どうして……なんで……い、いつからそこに？」

「恵さんにお話があるんです」混乱の極みにいる恵へ、和哉は淡々と話しかけた。

「は、話……？」恵は、ベッドの脇にあるサイドボードの置時計を見て、和哉の顔を見て、なにか言おうとするように口をぱくぱくさせる。

やっと出てきたのは、苛立ちを露わにした非難の言葉だった。「こんな時間に、女性の部屋に忍び込んできて……話ですって？　あなた、非常識だとは思わなかったんですか？」

険しい眼差しが睨みつけてきて、和哉は一瞬ひるみそうになる。ただ、やはり彼女は、怒った顔も美しかった。

しかし見とれている場合でも、気圧されている場合でもない。自室を出る前に、胸に宿してきた覚悟を頼りにして、和哉は彼女を見つめ返した。

「恵さんが、それを言いますか？」

「なっ……ど、どういう意味です？」

「恵さんだって、これくらいの時間に僕の部屋に来ましたよね？」

和哉がそう言うと、恵は露骨にその美貌を引き攣らせる。

だが、その表情の意味を、和哉は判断しかねた。身に覚えのない言いがかりをつけられて困惑しているように見えなくもなかった。

恵は上ずった声で問い返してくる。「私が、あなたの部屋に……？　し、知りません。なにを言っているんですか？」

「とぼける気ですか？　僕が初めてこの山荘に来た日の夜、恵さんは僕の部屋に、夜這いをしに来ましたよね？　僕とセックスしましたよね？」

一歩、二歩と前に出て、真っ直《ま》ぐ《す》に見つめながら問い詰めると、彼女はとうとうひるむように目を逸らした。

「な、なにを馬鹿なことを……私があなたと、セ、セックスだなんて……あなた、おかしな夢でも見たのではないですか……!?」

「僕も最初は夢じゃないかと思いました。でも違います。朝起きたときに、ベッドにセックスのいやらしい匂いがしっかりと残っていましたから」

和哉の言葉に、恵の顔がカーッと赤くなる。

しかし彼女は、首を大きく振ってなおも否定した。

「私は、夜這いなんてしていません。もし本当に、あなたのベッドにそんな匂いが残っていたとしても……そんなの、誰の匂いかわからないじゃないですか。私がしたって証拠にはなりません」

「証拠なら、他にちゃんとありますよ」和哉は大きく息を吸い込んだ。「アソコの感触です。あれから僕は、承子さん、絵里さんともセックスをしたんです」

「えっ……!?」

唖然とした表情で、言葉を失う恵。

和哉は心の中で、承子と絵里に謝る。二人と身体の関係を持ってしまったことを、彼女たちの姉である恵にしゃべってしまったのだから。しかし、恵が夜這いの彼女であるという根拠を示すには、こうするしかなかった。

「──でも、二人のアソコの感触は、僕に夜這いをした人とは全然違いました。承子さんでも絵里さんでもない。だとすると、消去法で恵さんしか考えられないんです」

明確な物的証拠ではなく、あくまで状況証拠。しかも和哉の主観に依存している。これで恵を納得させられるとは思っていなかった。

恵は戸惑いも気まずさも忘れたように、和哉に向かって目を見開く。

「……あ、呆れたわ。恋人の姉の二人とセックスするなんて。このことを詠美が知ったら……いいえ、たとえ詠美が許しても、お母様は許さないでしょう。詠美の彼氏でありながら他の女とセックスをしただなんて、詠美の彼氏にふさわしくないと判断されるに決まっています」

普通ならそうだろう。しかし彼女たちの母親は、男が愛人を作ることを容認するような人である。結婚後は許すのに、結婚前の不貞行為は許さない——ということはないのではないだろうか。

だが、今はそんなことは問題ではない。恵が母親のことを持ち出したのは、和哉にとって実に好都合な展開だった。

和哉は言った。「お母様に報告するんですか？　だったら僕も、恵さんに夜這いされたことを、お母様にお伝えしますよ。明日にでも、お電話しようかな」

これこそが、和哉の思いついた〝一つの案〟。この言葉こそが、恵を追い詰めるための切り札だった。

果たせるかな、恵の美貌が途端に色を失った。

「なっ……なにを言っているんです！　だからそれは私じゃないと……あ、あなた、私に濡《ぬ》れ衣《ぎぬ》を着せる気ですか!?」

声を荒らげかける恵に対し、和哉はあくまでも静かに言葉の刃を突きつけた。

「じゃあ、もしお母様に、〝あなたは本当に夜這いなどしていないのですね？〟と問われたら、恵さんは〝はい〟と答えられるんですか？」

恵は――まるで頬を平手打ちされたような顔になった。

「そ、それは……」

恵は母親を恐れている。幼い頃から厳しく躾《しつ》けられた彼女は、決して母親に逆らえない。承子がそう言っていた。

ならば、そんな恵が、母親に嘘などつけるだろうか？　和哉はそう考えたのだ。もちろん、恐れているからこそ嘘をつくということもあるだろうが、しかし、もしもその嘘がバレたら、なおさらに母親を怒らせることになる。

（もし僕なら……きっと嘘はつけない）

和哉は子供の頃、ふざけて悪戯をして、一度だけ父親に拳で殴られたことがあった。

悪戯をしたことよりも、それを誤魔化そうとしたことによって、父親を激しく怒らせてしまったのだ。その後、しばらくの間は、和哉は父親がとても怖かった。

今、恵の顔にも、恐怖の色がありありと浮き出ている。

和哉より十七歳も年上の彼女が、まるで怯える少女のように見えた。今にも泣きそうに、歪んで強張る表情――それが真実を物語っていると、和哉は確信する。

もし本当に恵が夜這いなどしていないなら、そこまで怯えることはないはずだ。

「……やっぱり恵さんが、あの夜、僕に夜這いをしたんですね？」

和哉は口調を切り替え、問い詰めるのではなく、優しく恵に尋ねる。

彼女はうつむいた。眉間には深い皺が刻まれていた。震える肩。布団を握り締める拳。彼女の苦悩が痛々しいほど伝わってくる。

もうこれ以上、彼女を苦しめたくない。どうして夜這いなんてしたのか――後はそれだけ話してくれればいい。それで終わりにしたかった。

恵が――顔を上げる。

すると今度は和哉が戸惑った。彼女の瞳には強い光が宿っていた。怒りとも、憎しみとも少し違う、まるで闘志のような炎の瞬き。

恵ははっきりした声で言った。「わかりました。だったら確かめてみなさい」

「……え？」

「和哉さん、あなた、夜這いをしてきた人とのセックスの感触を覚えていると言いましたね？　それを確認してみなさいと言っているのです」

自分に嵌めて、その感触を確かめてみなさいと、恵は言っているのだ。

「い、いいんですか？」

「仕方ありません。それしか私の濡れ衣を晴らす方法はないようですから」

たちまち和哉は心を弾ませた。あの素晴らしい締めつけをまた味わえる！

だが、待てよ？　と、すぐに思い直す。もしも恵が夜這いの彼女なら、セックスは絶対に拒否するのではないだろうか。あの夜の嵌め心地と同じだ——となれば、和哉の確信はますます揺るぎないものになってしまうのだから。

なにか企《たくら》んでいるのか？　それともまさか——恵は夜這いの彼女ではない？

和哉の心に、戸惑いと不安がじわじわと込み上げてきた。一方の恵はベッドから降りると、頭の上で団子にしていた髪をほどき、ロングヘアを背中に流す。そして、胸を張って和哉に対峙《たいじ》した。

「和哉さん、そのかわり、約束してもらいますよ。もしも夜這いをしたのが私じゃないとわかったら、素直にそれを認めなさい。そしてもう二度とこの件に私を巻き込まないで。いいですね？」

3

彼女がなにを考えているのかはわからなかったが、こうなってはもはや和哉も引き下がれない。

「わ、わかりました。約束します」

和哉がそう答えると、恵は頷いて、パジャマを脱いでいった。

露わになっていく裸体に、和哉は思わず溜め息をこぼす。ようやく灯りの下で見ることができた彼女の身体は、想像以上に美しく熟れていた。

（なんて色っぽい裸なんだ……）

三十代後半とは思えぬ、つややかな肌。そして全身に纏《まと》った柔肉の艶めかしさ。

肩や二の腕、ウエストなど、とても上品に肉づいている。どこもかしこも見るからに柔らかそうなのに、みっともなく垂れ下がったり、肉が重なって皺が寄ったりしている部分は皆無だった。

それにもかかわらず、腰や尻、太腿などは、他の部分よりもさらにたっぷりと脂が乗っている。年増の女らしい豊満なボディラインは、今にも崩れてしまいそうで、しかしまだ崩れていない――まさに完熟を極めた果実のようだった。

　小鼻をひくつかせれば、仄かに甘い香りが漂ってきそうである。すっかり心を虜にされた和哉が、美熟の女体をまじまじと眺めていると、恵は頬を赤らめて、非難するように睨みつけてきた。

「……今、妹たちと比べたのでしょう？」

「え？　いや、そんなことはしてないですけど……。でも、あえて比べるとしたら、僕は恵さんの裸が一番素敵だと思います」

　正直な気持ちを伝えたのだが、しかし恵は信じてくれなかった。

「み……見え透いたお世辞はやめなさい。承子の裸も、絵里の裸も、私は毎日一緒にお風呂に入って見ているんです。あの二人の方が、こんなおばさんの身体よりよっぽど綺麗だわ」

　トレーニングジムに通って鍛えているという、承子の引き締まった肢体。ほっそりとして、肌の白く透き通った、ガラス細工のように儚《はかな》げな絵里の身体。女の目から見ても実に美しく、羨ましいくらいだと、恵は言った。

　和哉はうーんと唸る。「確かに、承子さんも絵里さんも綺麗でしたけど――」

論より証拠と、和哉は、自身もパジャマを脱ぎ、ボクサーパンツをずり下ろした。

恵の熟れ肌に牡の官能は昂ぶり、ペニスはとっくに完全勃起状態。パンツから飛び出したそれは、勢いよく鎌首をもたげてペチンと下腹を打った。

「恵さんの裸は、承子さんや絵里さんとはまた違う魅力なんです。だから、ほら」

おかげでこの有様ですと、弾けんばかりに張り詰めた肉棒を見せつける。

「ま、まあ……」切れ長の瞳を大きく見開いた恵は、美貌を引き攣らせながらも、若勃起をじっと見つめてきた。和哉はちょっと恥ずかしかったが、同時に誇らしさも感じていた。

「こういう言い方は嬉しくないかもしれませんが、僕には、恵さんの裸が一番綺麗で、一番色っぽくって……つまりその、とってもエロいです」

恵は頬を赤くして、しばらく和哉のペニスに見入っていたが、やがてハッと我に返ったように目を逸らし、ぼそぼそと呟く。

「い、いやらしい子ね……」

そう言いながらも、恵はまんざらでもなさそうだった。

そして彼女も自らの下着に手をかける。ブラジャーのホックを外すため、腕を後ろに回し、ぐっと胸を反らして——その仕草がまた煽情的だ。

（恵さんは寝るときもブラジャーをつけてるんだ。そういえば、寝るとき専用のブラジャーがあるみたいな話を聞いたことがあるな）

ブラジャーの下から現れた恵の乳房は、やはり大きかった。

推定Dカップの絵里と、Hカップの承子の、ちょうど中間くらい——Fカップ辺りと思われる。文句なしの巨乳だ。膨らみの頂点では、深みのある桃色の乳首が上品に息づいている。

日々のエクササイズの賜物《たまもの》であろう、承子のロケット型の乳房とは違い、恵のそれはややしんなりとして、重心がより下乳の方へ寄っていた。

しかし、そんな多少の崩れ具合も、甘熟期を迎えた女体の魅力の一つ。乳肉の柔らかさを物語っていると思えば、むしろ美点といえるだろう。それに全体的に見れば、まだまだ充分な丸みを帯びた釣り鐘型である。年上好きの和哉にはたまらない、官能美を極めた艶巨乳だった。

「ううっ」完全勃起のペニスがなおも充血し、脈打つように疼きだす。

思わず股間を押さえ込む和哉に、恵はほんの一瞬微笑むと、花柄のレースに飾られた黒いパンティを脱いだ。恥丘に生い茂る草叢が露わとなる。生まれたままの姿になった彼女は、再びベッドに上がって横たわり、和哉を促した。

「さあ、あなたも……」

和哉も全裸になって、いそいそとベッドに上がる。心臓は高鳴りっぱなしだ。

恵が尋ねてくる。「前戯は、できるんですか？」

「で、できます」

まるでテーブルいっぱいのご馳走を目の前にし、どれから食べようかと悩むような気分だった。和哉は豊艶なる女体を上から下まで眺めて、まずは推定Fカップの双乳に手を伸ばした。

掌から優に溢れる乳肉を優しく揉み込み、さながら空気を握っているような底知れぬ柔らかさにオオッと声を漏らす。この柔らかさ、掌に伝わるこの感触――覚えがあった。間違いない。

(あの夜のオッパイだ……！)

真っ暗闇の中で、夜這いの彼女の乳房に触れた――あのときの記憶が鮮明に蘇《よみがえ》る。

和哉は〝正解〟にたどり着いた喜びのまま、乳房にしゃぶりつく。乳輪ごと口に含み、乳首を上下に舐め転がしては、チュッチューッと頬が窪むほどに吸引した。

「あうっ……い、いけません、そんなに強く吸ったら跡が……くふぅぅ」

和哉の口内でみるみる肥大していく肉突起。硬くなったそれに軽く前歯を食い込ませると、恵の喘ぎ声はさらに甘く切なげになった。和哉は身体の位置を変え、反対側の乳首もしゃぶり立てる。そして片手を彼女の下腹へ、そのまた先へと忍ばせる。

柔らかな草叢に指を絡ませ、その感触を愉しんだ後、さらに奥へ――指先が肉のスリットに触れた。和哉はソフトタッチで探りを入れる。トントンと、指先で、割れ目の内側を打診する。

女体がビクッと震えた。「あっ、そこ……」

ここかと、和哉は狙いを定めた。彼女が反応した部分へ、軽やかなノックを続けた。次第に、硬い感触が指先に伝わってくる。やはりクリトリスだ。勃起している。

「あうっ、い、いい……あ、あ」

恵は熱い吐息を漏らして、身体をくねらせた。彼女が感じているのが嬉しくて、和哉の乳首へのオシャブリにも自然と熱がこもる。乳肌から漂う甘い香りを胸一杯に吸い込んで、口と指で女体に奉仕し続けた。

「か、和哉さん……もういいわ、充分です」

やがて彼女の手が、和哉の手に被さってきて、女の泣きどころへのノックを押さえ込んでくる。和哉は起き上がって、彼女の脚元に移動した。

恵は躊躇いがちに股を広げる。露わになった割れ目は、確かにしっとりと濡れていた。つややかな朱色の小陰唇は黒ずみも少なく、四人も子供を産んでいるという人妻にしては意外なほど小ぶりで、まるで気品漂う椿《つばき》の花のよう。

「……恵さんのここ、とても綺麗です」

素直な感想を口にすると、恵は恥ずかしそうに顔をそむけた。

「あ、あなたは……本当に、口が達者ですね。いいから、早く始めなさい」

膣口の窪みには、うっすらと蜜が溜まっている。これなら中もしっかりと潤っていることだろう。

だが、和哉はまだ挿入しなかった。彼女の股座《またぐら》で腹這いになると、甘酸っぱいアロマを馥郁《ふくいく》と漂わせた秘唇へ口元を寄せ、割れ目の中心を舌でなぞる。

「あ、あうんっ！　なにを……も、もう前戯は充分と言ったでしょう。やめなさい……あ、あっ、ふうぅん」

ムッチリとした恵の太腿を、外側から抱え込むように鷲づかみにし、制止の声も聞こえないふりをして、和哉はクンニを始めた。

(恵さんの方からセックスを提案してきたってことは、嵌め心地を誤魔化すための考えが、きっとなにかあるんだ)

わざと股間の力を抜いて、締めつけを緩めるとか——そんなことをさせないために、彼女の余裕を奪おうと考えたのである。もっと感じさせて、もっと焦らして、肉悦を求めることに夢中にさせるのだ。

和哉は、承子から教わった舌使いを、丁寧にねっとりと施す。仄かなヨーグルト風味の愛液を舐め取るように、割れ目の内側に舌を這わせ、小陰唇を咥え込んではしゃぶる。

そして包皮越しにクリトリスを舐め上げた。舌先に引っ掛かって、包皮がめくれ上がると、剝き身となった肉真珠を丹念に、執拗に、ヌルヌルの舌粘膜で磨いていく。

「ひいぃ、こ、こんなのもう前戯じゃないわ……私を、イカせる気なんですね？　あっ……やめなさい、これは私が夜這いなんてしていないと証明するためにやっていることで……くうっ、ダメ、本当に……！」

女体が悶えるたび、水風船のような巨乳が右に左に揺れ動く。女の股座から見上げると、正面から見るのとはまた違う乳房の有様が愉しめた。勃ちっぱなしの乳首の向こうには、悩ましげに歪んだ美貌もうかがえた。

恵は和哉の頭を押しのけようとするが、その両手からみるみる力が抜けていく。和哉は拘束するようにつかんでいた太腿から片手を外し、人差し指を割れ目の窪みにあてがった。

しかし挿入はしない。物欲しげにパクパクしている膣口の縁を指先でなぞって、なおも女の穴を焦らしていった。

「いやぁ、ダメ、ダメッ……イ、イクぅぅ!!」

とうとう恵はクリ責めに果ててしまう。太腿が和哉の顔を力強く挟み、ビクンビクンと戦慄いた。舌に当たる女の突起も、まるでペニスの如く脈打つ。

熟れ肉の詰まった太腿の艶めかしい感触を左右の頬で感じ、うっとりしながらも、和哉はさらにクンニを続行する。

恵は、しばらく言葉にならない悲鳴を上げて悶えていたが、

「ほっ……おおぉ、や、やめっ……やめなさい……本当に、怒るわよっ……!」

先ほどよりも強く、和哉の頭を押してきた。これ以上、強引に続けると、本気で怒らせてしまうだろう。彼女の手に込められた力からそれを察して、和哉は女陰から口を離した。

ぐったりと手足を投げ出し、乱れた呼吸に合わせて身体を揺らす恵。

あられもなく広げられた内腿が、じっとりと汗ばんでいる。肉唇は多量の蜜に蕩け、ほかほかと湯気が立ち昇りそうな有様だった。

これだけ前戯を施せば、嵌め心地を誤魔化すような余裕は残っていないだろうと、

和哉は確信する。いざ挿入と、彼女の股座に腰を進めた。

「恵さん、どんな体位がいいでしょう？　あの夜と同じでいいですか？」

「……あの夜のことと言われても、私は知りません」

和哉の引っ掛けをスルーして、喘ぎ交じりに恵は答える。まだそれだけの理性が残っていたかと、和哉はちょっと悔しがった。

（ボロを出さなかったか。けどまあいいさ。嵌めてみれば、答えはわかるんだから）

和哉はあえて、あの夜と同じ騎乗位ではなく、正常位で挑むことにする。マウントを取られて、セックスの主導権を恵に握られたくなかったからだ。

肉棒の根元を握り込み、しっかりと支える。膝を進めて、膣穴の口に軽く亀頭を埋め込んだ。あの夜の強烈な締めつけを思い出し、胸を高鳴らせて——勢いよく腰を押し出す。

「……えっ？」

あの夜のセックスでは、和哉のペニスが女体に潜り込む際、一瞬だが、引っ掛かるような抵抗感があったのだ。

しかし今、剛直はいともたやすく膣口をくぐり抜けた。勢い余って、幹の半分近くまで一気に嵌め込んでしまった。ペニスへの締めつけは、夜這いの彼女とは比べものにならぬほど優しく、和哉は呆気に取られてしまう。

「……どうかしましたか？」

「な、なんでもないです……！」

和哉は気を取り直して、そのままピストンを開始した。

恵さん、わざと締めつけを緩くする余裕がまだあったんだ。でも、イキそうなくらい気持ち良くなれば、そんな誤魔化しはしていられなくなるはず――

それが和哉の考えだった。しかし、その目論見はあっけなく外れた。

恵の膣穴は、承子のそれよりもさらに柔らかく、自慢の太マラは悠々と受け入れられ、抽送は最初から実にスムーズだった。

しかしそんなことよりも、ペニスが膣路の奥まで進入したときの嵌め心地に、和哉はアッと声を上げそうになったのだった。恵の膣壺は、内部を覆う肉襞が、真ん中辺りから形状が変化していった。アコーディオンの如く折り重なっていた襞が、だんだんと突起状に移り変わっていって、膣底周辺では、まるで足つぼマッサージのような状態になっていたのである。

（なんだ、これ……夜這いの人のオマ×コとは全然違う……!?）

しかもこの膣壺は、奥へ行くほど狭くなり、その分、ペニスへの吸いつきも強くなった。粒状の肉襞がぴったりと張りついてきて、亀頭や雁首に凄まじい摩擦快感をもたらすのだ。

挿入してから一分足らずで、射精感がゾクゾクと込み上げてくる。

このままあっけなく果ててしまっては、セックスの快感で恵の化けの皮を剝がすことなどできない。こんなとき、どうすればいい？

和哉の脳裏に、承子の教えが蘇った。肉棒の先を膣底にめり込ませ、恥骨を擦りつけるようにする腰使い――あれなら射精感を抑えながらクリトリスとポルチオを責めることができる。あれしかない。

だが、頭の中ではそう思っても、身体はピストンをやめられなかった。

たっぷりと蜜を含んだ肉の下ろし金で、亀頭の先端から雁エラ、裏筋までを擦られる愉悦は、甘美を極めた強烈さで和哉の理性を奪っていく。もはや腰が勝手に動いてしまうのだ。

ペニスの限界が近づいてくるなか、和哉は女体に覆い被さり、ピストンに合わせて揺れている巨乳へしゃぶりつく。それはわずかに残った理性によるものではなく、目の前の女を少しでも感じさせようという、男の本能がなせる業《わざ》だった。

「あはぁん……女を悦ばせようと一生懸命になるのは、い、いいことですよ……でもそれは、詠美とするときに頑張りなさい……今は別に……あ、あ、いやぁ、噛んじゃダメえぇ」

セックスの愉悦に、恵も多少は理性を薄れさせているのか――ちょっとだけだったが、彼女は、まるで若い娘のような可愛らしい悲鳴を上げた。それがまた、年上好きの和哉の男心をくすぐる。

「はっ、はっ……うぐうぅ、ん、んっ、くうっ……も、もう駄目だ……！」

性感と官能に脳内は支配され、射精をこらえようという気も起きなかった。ふわふわの乳肉クッションに顔面を押しつけて、和哉は最後の一瞬まで腰を振り続ける。

「うっ、うわあぁ……出るっ、ア、アアーッ!!」

突き抜ける快感に全身を強張らせ、勢いよく精を放った。あまりの気持ち良さに空恐ろしさすら覚え、恵の熟れ乳にすがりつきながら、何度も何度もペニスをしゃくらせた。

4

息が詰まるような発作が治まると、和哉は太い息を吐き出し、全身を弛緩《しかん》させる。

そして激しく困惑した。どうなっているんだ？　どういうことだ？　おずおずと顔を上げると、恵と目が合った。

恵は微かに呼吸を荒くしながらも、勝ち誇るように微笑んだ。「……どうでしたか？　私とのセックスは、夜這いをされたときと同じでしたか？」

和哉が答えられないでいると、恵はさらに続ける。

「夫が言うには、私の膣は名器というものだそうです。数の子天井とか、蛸壺とか――こんな珍しい膣はめったにないらしいですよ。夜這いをしてきたという女も、こんな膣の持ち主でしたか？」

膣圧の方は、股座の力の加減で誤魔化すことも可能だろう。

しかし、粒状の肉襞の感触や、まるで吸盤のような膣奥の吸いつきは、本人の意思で操ったりすることはできないはずだ。もしも夜這いの彼女が恵なら、このダブル名器の存在に和哉が気づかなかったわけがない。

(承子さんや絵里さんではなく、恵さんでもないとしたら……じゃあ、いったい誰が僕に夜這いをしたっていうんだ？)

幽霊は、あり得ない。それ以外に説明をつけるとしたら――

夜這いの彼女なんていなかった。和哉は夢を見ただけだった。ベッドの残り香は、セックスをしたという思い込みによる、ただの錯覚。そうだとすれば、一応、筋は通る。少なくとも、〝姉妹たち以外の誰かが真夜中に山荘に忍び込んで、和哉とセックスをした後、また外へ逃げていった〟という説明よりはましである。

だが、納得はできない！　和哉はまだ諦められなかった。

「ま……まだですっ。今度は別の体位で……！」

沸かしたての風呂を思わせる膣肉の熱と、マッサージの如き膣壁の蠕動《ぜんどう》運動によって、射精直後のペニスはまたすぐに奮《ふる》い立っていた。和哉は藁《わら》にもすがる気持ちで、あの夜と同じ騎乗位を試みる。恵を促して、仰向けの和哉にまたがってもらった。

しかし、結果は一緒だった。ペニスが膣奥まで挿入されると、案の定、粒状の肉襞が力強く吸いついてくる。抽送が始まれば、敏感な亀頭が二重の名器にチュボッチュボボッとしゃぶられた。

しかも、その腰使いがまた実にこなれている。普段は気品漂う純和風美人の恵だが、やはり人妻なのだと思い知らされた。大股を広げて、和哉の腰の横に膝をつき、やや前のめりの姿勢で淀みなく逆ピストン運動を行う。豊満な乳房がリズミカルに前後に揺れる。

「くううっ……ま、待ってください。やっぱり別の体位で……！」

これでは恵に主導権を握られ、和哉はまた一人で昇天させられてしまうだろう。今度は後背位による結合を求めた。

「やり方を変えたところで、結果は同じですよ。いい加減に諦めなさい」

そう言いながらも、恵は四つん這いになってくれる。突き出された彼女の尻に向かって和哉は膝をつき、濡れ肉の割れ目にズブリと屹立を差し込んだ。

(ああ、クソッ、やっぱり気持ちいい……!)

数の子天井とは言うものの、膣奥の襞の粒々は上も下も、右も左も、ぐるりと覆っていた。体位が変わっても、ペニスを包む摩擦快感はほとんど変わらない。

和哉は彼女の腰をつかみ、半ばやけくそな気分で腰を振った。数の子天井と蛸壺の相乗により、嵌め心地はまさに極上。その快感を前に男として屈服したような、なにもかもがどうでもいいような気がしてくる。

「ああん……ふふっ、あなたの女の抱き方が上手なのは、褒めてあげますよ……まだ若いのに、なかなかです……陰茎も大きくて、逞《たくま》しくて、良いところに擦れますし、奥まで……あ、あうっ、響いてきます」

豊熟して脂の乗り切った女体が悩ましげにくねる。その有様を眺めるだけでも男心が煽られ、和哉の射精感は着実に高まっていった。

姉妹の中で一番大きな桃尻は、和哉の剛直がまるで標準サイズのように見えてしまうほどの大迫力。腰を打ちつければ、ほどよい弾力で跳ね返され、ピストンはますます律動的に加速していく。本日二度目の射精感も募っていく。

（僕は……やっぱり間違っていたのかもしれない）

夜這いの彼女の嵌め心地も強烈だったが、このダブル名器とは明らかに違った。幽霊説も、四人目の人物説も、普通に考えて、到底あり得ることではない。和哉は子供の頃、学校の図書室で『シャーロック・ホームズ』シリーズの本をいくつか借りて読んでいたが、かのホームズは『すべての不可能を除外して、最後に残ったものがどれだけ奇妙なことであっても、それが真実となる』と述べていた。

もし夜這いの彼女が恵だったとしたら、あの夜は、このダブル名器を隠して和哉とセックスしたことになる。あるいは和哉の方が、粒状の膣襞と、吸いついてくる膣奥の存在に気づかなかったか――。しかし、そんなことはあり得ない。除外すべき不可能だ。

和哉は、大きな桃の亀裂を剛直が貫き、そのたびに果汁が撒き散らされる有様を見下ろしながら考える。僕が初体験で嵌めたのは、少なくともこの穴ではない。それは間違いない。

この穴では――

そのときだった。和哉は、もう一つの穴に気づいた。先ほどからずっと視界の中にあったのに、意識上の盲点に隠れていたのだ。言わずもがな、肛門である。

アナルセックスという行為自体は和哉も知っていたが、それはAVのようなフィクションや、アブノーマルな趣味を持つ人たちの世界でのみ行われる倒錯プレイであって、恵のような美しき淑女とは無縁のものだと――思い込んでいた。

恵のアヌスは放射状の皺が均等に刻まれており、中心部だけがくすみの少ない桃色を帯びている。すっきりとした見た目のせいか、排泄《はいせつ》器官への嫌悪感は湧かず、和哉はまさかと思いながら、肉の窄《すぼ》まりをそっと撫でてみた。

途端に恵は「ヒイッ!?」と豊臀を震わせる。

ただ、その反応は〝驚き〟であって、彼女が本気で嫌がっているようには見えなかった。そこで、さらに和哉は、自身の人差し指をしゃぶり、唾液にまみれた指先で肛穴の表面をヌルヌルと撫でる。嵌め腰をいったん止め、ソフトタッチで放射状のアヌス皺を丁寧になぞっていった。

「お、おぉ、ほおぉ……な、なにをしているんです、和哉さん……そこはお尻の……あ、あぁぁ……! やめ……やめなさい、ひ、ひぃん、ううぅっ」

恵の声は、どんどん艶めかしさを増していく。和哉は人差し指を親指に切り換え、左右に回転させて、窄まりの中心をドリルのように穿《うが》っていった。

「ああぁっ……いやあぁ、お尻の穴がねじれちゃうっ……！　ダメよ、それ以上は、おっ、押し込まないでぇ……うぐっ、う、んんんぅ」

口では拒みながら、恵は排泄器官への愛撫を受け入れている。逃げるどころか、向こうからも和哉の指に肛穴を押しつけてきているようだった。大口を広げた熟膣は、キュッキューッと小気味良く男根を締めつけてくる。

和哉は確信した。このアヌスは肉悦を知っている。

そして一つの推理にたどり着いた。それが合っているか間違っているか、確かめるチャンスは今しかない。和哉は思い切って行動した。膣壺からペニスを引き抜き、ドロドロの白蜜にまみれたそれを菊座の真ん中へあてがった。

片手で幹の根元を握り締め、片手で恵の豊腰を鷲づかみにし、力強くペニスを突き出す。肉の楔《くさび》が肛穴にググッとめり込むと、一瞬、それを押し返すような抵抗があった。

「ダ、ダメぇえ、ああーっ！」

その直後、剛直が括約筋《かつやくきん》の門を突破する。張り出した雁エラさえくぐり抜けてしまえば、後は造作《ぞうさ》もない。牡汁と牝汁のぬめりに乗じて、ズブリ、ズブリと排泄器官を侵略していく。

やにわに強烈な締めつけがペニスを襲ってきた。これだ！　と、和哉は大声を上げそうになる。幹に食い込む肉門の感触は、間違いなくあの夜のもの。和哉の童貞を奪った女の穴だ。

（あれは、お尻の穴だったのか）

和哉の頭の中には、この力強い締めつけだけが記憶に残っていた。それくらい衝撃的だったのだ。

しかし、再びこの穴に挿入することができた今、その嵌め心地が膣穴とはだいぶ違うことを感じていた。激しく締めつけてくるのは肛門の部分だけで、その先の直腸は儚げにペニスを包み込んでくるのみ。肉壁が吸いついてくる感触も、肉襞の摩擦感もなかった。

（あのときは初めてのセックスだったし、オマ×コってこういうものだと思い込んじゃってたんだな）

和哉は緩やかに腰を使いだす。ダブル名器の膣穴とはまるで違う嵌め心地だが、こちらの穴も男を狂わせるような摩擦快感をもたらしてくれた。締めつけがピンポイントな分、抽送の愉悦にもメリハリが利いて、肛門の縁で雁首をギュギュッとくびられるたび、息が詰まりそうになる。

「う、うぐっ……！　は、はぁ、んっ、んっ！」

その快感を求めて、ついついピストンは加速していった。

「おうぅ、おおっ……ダメ、和哉さん、そんなに早く動いたら……う、うっ、擦れすぎて、熱いわぁ……あ、あ、いやあぁ」

恵としては、ノーマルなセックスよりもこちらの方が感じるのだろうか。先ほどまでよりも明らかに余裕を失い、女豹《めひょう》のポーズをわなわなと震わせては、ベッドのシーツを引っ掻くように爪を立てている。

「恵さんは、お尻の穴でもセックスしちゃう人だったんですね。いやらしいなぁ」

「わ、私は、そんな……お尻の穴でセックスなんて……うぅ、こんなの酷いわ……オチ×チンが太すぎて、ひ、広がっちゃう……あ……あはぁんっ」

和哉の太マラを咥える菊座は、小皺が伸びきるほどに拡張していた。

じっとりと汗に濡れ、弓なりになってくねる背中には、苦悶が表れている。

だが、彼女の媚声はますます狂おしげに乱れていった。淑女であり人妻である彼女が快感に溺れていく姿は、これ以上ないほどのエロチシズムで和哉を虜にする。妖しく濡れ光る背中に黒髪が張りつき、彼女が身悶えるたびにそれが蛇の如くうねって――その美しくも凄艶なる様に官能を揺さぶられ、和哉はさらに倒錯の肛交に耽っていった。

気づいたときには射精感が限界を超えていた。しかし和哉は構わず、肛門での摩擦を雁首に集中させて、自らを追い込んでいった。こんな気持ちいい穴ならまだまだ嵌められる。何回だってできる！

「ああっ、恵さん、僕、出ちゃいます……出しますよ、このまま……く、くっ……ウウーッ!!」

嵌め腰を引き絞り、大量のザーメン浣腸《かんちょう》をほとばしらせる。

若勃起が脈打ち続けている間、和哉は思わず恵の豊腰を、爪が食い込むほど鷲づかみにしてしまった。しかし恵の口からは、「凄い量、いっぱい出てる……あぁ」と、恍惚をうかがわせる呟きが漏れるだけだった。

射精の後、和哉はほんの十秒ほど浅い呼吸を繰り返してから、すぐさまピストンを再開する。強烈な肛圧によって海綿体の血液が閉じ込められていたのか、ペニスはほとんど萎《な》えることもなく、万力の如きアヌスを押し広げるだけの硬さを保っていた。

ただ、二度の射精を経て、心には多少の余裕が生まれている。本来なら出口専用である排泄器官に己の肉棒を抜き差ししている——そんな禁忌を犯す眺めに興奮しながらも、女体の反応を観察し、喘ぎ声の調子に耳を傾けることができた。

「恵さんは、チ×ポが肛門に入ってくるときより、抜かれるときの方が気持ちいいみたいですね？」

「し、知りません、そんなこと……お、おぉ、おほっ」

やはりペニスを引き抜く瞬間に、恵はより淫らな反応を示す。アナルセックスの快感とは、きっと排泄時の気持ち良さに通じるものなのだろうと、和哉は察した。

ならばと、差し込むときは緩やかに、引き抜くときは勢いよく——そんな抽送を心がける。さらに、肛門の裏側に雁エラを引っ掛けるような、小刻みのストロークに切り替えた。

「ひいいっ！　それ、ああっ……ダメ、ダメよ、めっ……めくれちゃうわぁ！　お尻の穴が……おほぉうぅ⁉」

勢い余って、ペニスが完全にすっぽ抜けてしまうときもあったが、それがまた恵を狂わせた。和哉は、菊座が口を閉じる前に挿入し直し、すぐさまピストンを再開して肛肉を責め続けた。

ただ、それは同時に、苛烈な肛圧で雁の急所をしごき続けることでもある。

先ほどの射精からまだ五分も経っていないのに、早くも前立腺が甘い痺れを催してきた。

「うおおぉ……ぼ、僕、また出ちゃいそうです。恵さんは、どうですか？　イキそうですか？」

恵は黒髪を振り乱して答える。「イイ、イキませんっ……こんな変態行為で、私が気持ち良くなるなんて……うぐぐ、うふうぅ……！」

あくまで恵は、アナルセックスなんてしたこともないと言い張るつもりらしい。童貞喪失が肛門性交だったことを、和哉はもう気づいている――と、恵もわかっているのだろう。だから彼女は、アヌスの悦びなどとは無縁なのだというスタンスを守り続けている。

しかし、和哉が恵の股間に手を潜り込ませると、肉裂からは多量の蜜が溢れ出していて、恥丘の茂みまでぐっしょりと濡らしていた。口ではなんと言おうと、身体は正直に悦びを表している。

和哉は口内に唾液を溜め、桃尻に向かってダラリと垂らした。双丘の谷間に流れ込んだ唾液は、狙いどおりに結合部までたどり着き、新たな潤滑剤《じゅんかつざい》となってくれる。滑りの良くなった剛直で、和哉はなおも肛穴を抉り続けた。そして、ついに恵が切羽詰まった声を上げる。

「うんんっ……駄目、駄目、もうやめて、これ以上は……！　今すぐ抜いて……ぬ、抜きなさいっ……じゃないと本当に、お、おぉおぉ、怒りますよ！」

その言葉には、わずかだが、これまでにない本気がうかがえた。

だから和哉も一瞬悩む。しかし、ここまで来たらアヌスで彼女を昇天させたい——という男の願望もあったし、そもそも和哉は、まだ本当の目的を果たしていない。

どうして恵は夜這いなどしたのか？　そのことを告白してもらうためには、夜這いをしたことを彼女に認めさせなければならないのだ。だから、ここでやめるわけにはいかなかった。

なにより和哉が知りたかったのは、あのときのキスのことだ。あれが、恵にとってはただの気まぐれのキスだったのか、それとも他の意味があったのか——そこに和哉は固執していた。この機会を逃したら、和哉の心を奪ったあのキスの真相は、一生わからないままだろう。

「い、嫌です、やめません！」

和哉はアヌスへの抽送を続行しつつ、恵の背中に覆い被さるようにして、熟れた女体を後ろから抱き締めた。

逃がさないためではない。彼女の頑なな心を溶かすつもりで、両腕にギュッと力を込める。

彼女の背中は内から燃えるように火照っていたが、それでもまだ足りなかった。きっと愉悦の熱だけでは足りないのだ。狂おしげに戦慄く背中を、和哉は、己の胸の中にある熱いものでさらに温めようとする。

「あぁ、あぁ……」溜め息と共に、恵は力なく呻いた。「……酷いわ、そんなふうに抱き締められたら……わ、私、ううっ、おおぉ」

もはやその声に険しさはなく、まるで観念したかのように、女体の強張りがわずかにほぐれる。和哉は彼女の背中から噴き出した汗を舐め取って、カラカラになった喉を潤し、熟臀を穿つピストンを励ました。

力一杯に腰を振り続ける和哉の荒々しい喘ぎが、苦悶をうかがわせながらもなお甘ったるい恵の牝声が――ぬかるみを踏み荒らすような卑猥な音と混ざり合う。部屋中が淫らな熱気で満たされていく。

そしてついに恵は、肛悦によって昇り詰めた。

土下座をするように半ばベッドに突っ伏した状態で、その顔を何度もシーツに擦りつけて、確かに彼女はこう言ったのだ。

「ああーっ、ダ、ダメ、もうダメだわ……イクッ……いいいっ……グウゥ!!」

たちまち女体はガクガクと震えだし、肛穴はこれまで以上に激しく緊縮する。その力強さに和哉は両目を剝いた。ペニスを食いちぎらんとするような、想像を絶する肛圧が雁首を締めつけてきて、前にも後ろにも動けなくなってしまった。

「うわっ……うっ、うぐーっ！」

そしてペニスを拘束したまま、豊臀がビクッビクビクッと痙攣する。強烈な締めつけに加え、電動オナホもかくやというバイブレーションに雁首を刺激され、和哉もまた限界に達した。

肉棒が脈打ち、熱いザーメンが尿道を駆け抜ける。だが、激しすぎる肛圧によって、雁の部分でせき止められてしまう。あと少しなのに射精できないというもどかしさに、和哉は奥歯を嚙み締めた。出したい、早く出したいと、気も狂わんばかりになって身をよじり、ほんの十秒、二十秒の間が、永遠のようにも感じられる。

待って、待ち続けて、ようやく恵のアクメが峠を越して、堅牢なる肉の門がわずかに開いて——その瞬間、押さえ込まれていた多量の樹液が、一番搾りを超える勢いで尿道口から噴き出した。

「あああぁ、出る、ウーッ!!　おおっ、おおおおっ!!　うぐ……クゥーッ!!」

一回、二回、三回——放出はまだまだ続く。腰が、自らの意思を持ったみたいだった。延々と勝手に痙攣し続けた。

ようやく発作が治まると、女体に覆い被さったまま和哉はぐったりした。精も根も尽き果てて、しばらくは頭の中が真っ白だった。

5

恵を肛悦で絶頂させたことにより、彼女がアナルセックスを嗜《たしな》んでいたことが証明された。

とはいえ、恵にはまだ言い逃れの余地が残っていた。もしも、承子や絵里にも肛門性交の経験があったとしたら、姉妹たち三人ともに夜這いの容疑者の可能性が出てきて、話が振出しに戻ってしまう。

しかし、恵はそこまでの悪あがきはしなかった。

結合を解き、共にベッドに仰向けになって呼吸を整えていると、やがて恵はかすれ声で「ごめんなさい……」と謝ってきた。

和哉が身体を起こすと、恵もそうする。和哉は尋ねた。

「どうして、僕に夜這いなんてしたんですか？」

答えづらそうにうつむく恵を見て、和哉はさらに続けた。

「もしかして、旦那さんが浮気をしたからですか？　その腹いせに……？」

恵がハッと顔を上げる。「どうして夫のことを知っているんですか？」

「ごめんなさい、その……承子さんから聞いたんです」

そのことに対して、恵は怒ったりしなかった。そうですか……と、自嘲するように微笑むだけだった。

「私は……あの人が浮気をしようが、愛人を何人作ろうが、なんとも思いません。だって、これっぽっちも愛していないのですから」

親が勝手に決めた縁談で結婚させられ、二十年近く経った今でも、夫婦の情はまったく芽生えていないという。

「和哉さんには本当にご迷惑をおかけしてしまいましたから……ええ、もう正直にお話しします。腹いせというなら、詠美に対してです」

「え……詠美さんに？」

恵は、ぽつりぽつりと自分のことを話しだした。

高校生のとき、密かに同級生の彼氏と付き合っていたこと。料理が好きで、彼氏に弁当を作ってあげたりして、大人になったら料理人になりたかったこと。母親の命令で、高校卒業後すぐに、十七歳も年上の男と結婚させられたこと。その男を全然好きになれなかったこと。

「それでも、私は我慢しました。町園家の長女として、子供の頃からとても厳しく育てられましたから、両親に……特にお母様に逆らうなんて、考えられませんでした」

恵たちの母親は、町園家という血筋にとても強い誇りを持っているのだ。

下級武士だった町園家の祖先は、幕末から明治維新にかけてのごたごたですっかり落ちぶれてしまったが、しかしその子供たちは青森に移住し、心機一転、農家として暮らしながら、少しずつ商売にも手を出して、それが現在のスーパー経営の成功に繋がっているという。

そういう経緯があって、恵たちの母親は、町園家のことを〝かつては武士だった、名家の血筋〟だと思い込んでいるのだとか。恵が昔、分家のおじさんから聞いた話では、武士といっても下級の武士だったから、名家と呼べるような立派な家柄ではなかったそうだが、恵たちの母親もまた、幼い頃から〝名家の淑女〟として厳しく育てられたのだろう。その考えが骨の髄まで染み込んでいるのだ。

恵たちの母親は男の子を産めなかったので、長女である恵には、〝できるだけ早く婿取りをして、町園家の当主を継ぐ男の子を産む〟という重責が、小学生の頃からすでに負わされていたという。

ただ、承子以降の妹たちには、それなりの自由が与えられていた。母親の教育方針も、恵のときと比べれば、だいぶ変わっていったそうだ。

「承子たちは大学にも行かせてもらっていましたし、お母様からの躾《しつけ》も、私のときよりはずっと優しかったです。絵里や詠美は多分、お母様に手を上げられたことなんて一度もないんじゃないかと思います」

次女より三女、三女より四女と、姉妹の下へ行くほど、母親の態度は甘くなっていったという。そのせいで、恵は妹たちに複雑な思いがあったそうだ。

「けど、私だって妹たちは可愛かったですから、少し妬《ねた》ましく思うときはあっても、姉妹として仲良くしていました」

詠美に対しては、ずるいと思うことすらあった。大学卒業後は漫画家の道を歩ませてもらっているし、もし彼氏がいるなら、縁談を断ってもいいことになっている。自分のときとは全然違う！　そんな思いを、ぐっと我慢して呑み込んだという。

しかし、詠美の彼氏として和哉がこの山荘にやってきたとき、恵は自分の思いを抑えられなくなったのだそうだ。

「え？　あのとき、僕……なにかまずいことしちゃいましたか？」

恵は悲しげに微笑み、かぶりを振った。

「和哉さん……あなた、私が高校生のときに付き合っていた人に、とても似ているんです。見た目だけではなく、声や、しゃべり方も」

和哉がこの山荘にやってきたあの日、玄関で顔を合わせた恵は、冷静な態度に努めながらも、内心ではとても動揺していたそうだ。

だが、心が落ち着いてくると、今度は憎しみにも近い嫉妬の炎が燃え上がった。

恵には与えられなかった自由を謳歌《おうか》し、結婚も自分の選んだ相手とするという詠美。しかもその相手が、恵の思い出の男の子、最初で最後の恋人とよく似ている――それだけは恵も我慢できなかった。

とはいえ、二人を破局させてやろうとまでは思わなかったという。

そのかわり、せめてもの腹いせ、嫌がらせとして恵が考えたのが、あの夜這いだったというわけである。

「私は……そんな醜い心根の持ち主なんです」

本当にごめんなさいと、改めて謝る恵。その瞳は、ゆらゆらと揺れていた。

和哉は、彼女のことがとても可哀想に思えた。同情は愛情とは違うのだろうが、今にも泣きだしそうな顔でうなだれている彼女は、まるで幼い少女のように頼りなく、儚げで、愛おしかった。

「恵さんは――」和哉は言葉を選んで尋ねる。「夜這いをした後、どう思いましたか？　顔や声が昔の恋人と似ているだけの僕とセックスして、後悔しましたか？」

恵は困ったように眉根を寄せ、瞳を泳がせた。

そして、おずおずと答える。「それが……凄く嬉しかったんです。大好きだったあの人と、やっと繋がることができたような気がして……」

あの夜の恵は、自分の部屋に逃げ帰ってからも、心が高揚してなかなか眠れなかったそうだ。和哉と一緒である。

「けど、朝になったら、やっぱり後悔しました。私の八つ当たりで、和哉さんをレイプ同然に犯してしまったのですから。それなのに私……ああ、ごめんなさい、和哉さん……私、ここであなたと過ごした日々が、とても幸せだったんです」

同じ山荘の中に寝起きし、おはようございます、おやすみなさいと挨拶を交わすこと。玄関ポーチの雪掻きをしたり、ご飯を食べたり、テレビを観て笑ったりしている和哉をこっそりと眺めること。そんなささやかなことにも、恵は密かに喜びを感じていたそうだ。

「和哉さんは、私の恋人だったあの人とは別人だって、頭ではわかっているんです。でも、自分の気持ちが止められませんでした。この吹雪がずっと続けばいいのになんて、そんな馬鹿なことまで考えてしまいました……」

恵は恥ずかしそうに和哉から目を逸らす。

その横顔は、ほんのりと頬が赤く染まっていた。

和哉は、複雑な気分だった。彼女は和哉の姿に、かつての恋人の姿を重ね合わせていただけなのだから。自分は思い出の身代わりにされたのだった。

それでもいいか——とも思った。自由の少ない、苦しみの多い人生を送ってきた彼女が、和哉のおかげで、今だけでも幸せだというのなら。

とはいえ、すっきりと割り切ることもできない。

(あの夜のキスは、僕のことを、昔の恋人だと思ってしていたのか。どうりで愛情がこもっていたわけだ)

そう思うと、やっぱりその恋人に少々嫉妬してしまう。

和哉は恵の横顔に唇を寄せ、色づいている頬にチュッと口づけする。

「えっ……か、和哉さん!?」と、恵は目を丸くして振り向いた。

にっこり笑って和哉は言う。「僕、恵さんに夜這いをされたときが初めてのセックスだったんです。キスも初めてでした」

「えっ、そ、そうだったのですか……。ごめんなさい、こんな女があなたの初めてを奪ってしまって、なんてお詫びをしたら……」

恵はあたふたと申し訳なさそうにした。

しかしその後、おや？　という顔になる。「で、でも……詠美とは結婚を前提に付き合っているのですよね？　それなのに、キスもまだだったのですか……？」

「それなんですけど――実は、詠美さんの彼氏というのは嘘なんです」

和哉は苦笑いを浮かべて、詠美に頼まれたことを白状した。

縁談を断るための詠美の悪巧み、それを知った恵は、最初は唖然としていたが、最終的には怒り半分、呆れ半分という様子になった。

「まったくあの子ったら……はぁ……詠美は昔から、困ったことがあったり、叱られそうになったりすると、嘘をついて誤魔化そうとするんです。悪い癖だわ。和哉さんまで巻き込んで……」

「まあ、いいじゃないですか。詠美さんも、今は結婚より、漫画の方を頑張りたいんですよ。どうか赦《ゆる》してあげてください」

恵としては、詠美の自由奔放さはやはり面白くないだろう。

眉間に皺を寄せて、苛立たしげに唇を引き結んで——それでも結局は、和哉の言葉を聞き入れてくれた。

「わかりました。私も夜這いなんてしてしまったので、あの子のことを非難ばかりできませんからね。それに、和哉さんがあの子の本当の彼氏じゃなくて……正直、ほっとしています」恵は安堵の表情で、ちょっとだけはにかんだ。

つられて和哉もなんだか照れくさくなる。自分のすぐ隣に全裸の恵がいることを改めて意識し、胸がドキドキしてきた。少しだけ膝を崩した正座で、ベッドの上に座る美熟の人妻。柔らかな肩のラインと、ふっくらとした二の腕。正面から見るのとはまた違う趣の、横乳の艶めかしさ。

なんて色っぽくて、なんて綺麗なんだろう。

うっとりと見惚れながら、和哉は話しかけた。「これで一件落着——と言いたいところですが、実はまだ問題が一つ残っているんです」

「問題……それは、なんですか？」

「恵さんが夜這いをしたときの、あの最後のキスで、僕の心がすっかり奪われちゃったってことです。さっきも言いましたけど、初めてだったんですからね。僕にとっては特別なキスだったんです」

「そ、それは」恵の美貌が、瞬く間に真っ赤に染まった。「本当に、あの、なんとお詫びをしていいか……」

「いいんですよ、謝らなくて。そのかわり――」

和哉は恵の頬を両手に挟んで、こちらを向けさせる。

「和哉さん、なにを……あっ？」

そして彼女に顔を寄せ、戸惑う唇に、自分の唇を重ねた。ほんの一瞬だけ。

唇を離すと、恵は、切れ長の瞳をこれ以上ないほど見開いていた。もう耳まで赤くなっていて、びっくりしたように肩をすくめていた。そんな彼女が無性に可愛くて、和哉は微笑まずにはいられなかった。

「恵さん、責任取ってくださいね」

もう一度、唇を重ねる。今度は舌を伸ばして、彼女の口内に潜り込ませた。あの夜、恵がしたように、彼女の舌に自分の舌を擦りつける。仄かに甘いディープキスの味。

「うぅ……むむ……う、うふぅん」

恵の鼻から、熱い息が漏れた。そして――

しばらくすると、彼女もねっとりと舌を絡めてくるようになった。

第五章　クローズドハーレムの終幕

1

謎はすべて解けた。

翌日、和哉は、恵の夜這いに関することの顛末《てんまつ》を、承子と絵里にも話した。

恵の昔の彼氏が和哉にそっくりだったことや、彼女が長女として抱えていた苦しい思いなど――それを知った承子と絵里は、心から申し訳なさそうに恵に謝った。

「これまで、めぐ姉さんにばっかり大変なことを押しつけてきて、本当にごめんなさい。私たち、めぐ姉さんにずっと甘えていたわ」

「これからは私たちも協力するわ。お母さんがあんまり酷いことを言うときには、私たちが恵姉さんの味方をするから」

妹たちの言葉に、恵は「……ありがとう」とだけ言って、目に涙を浮かべた。

それ以後の恵は、これまでよりもだいぶ明るくなり、よく笑うようになった。妹たちへの複雑な思いも、完全にではないかもしれないが、解消されたのだろう。恵と妹たちが集まったときのおしゃべりは、以前よりずっと華《はな》やかになって、女三人の会話に和哉が入れなくなることも多くなった。そんなとき和哉は、楽しげにおしゃべりする彼女たちを、にこにこしながら静かに眺めるのだった。

恵、承子、絵里の三人とセックスをした和哉。そのことも明るみになったわけだが、三人の姉妹たちは互いを非難し合うこともなく、むしろ〝竿姉妹〟となったことを喜んでいるようだった。今回の件で姉妹の絆《きずな》を強くした彼女たちは、和哉を仲良く共有することにした。

ある朝は、和哉は絵里の目覚ましフェラに起こされ、その日の一番搾りをゴクゴクと飲み干された。日中には、山荘に籠りっぱなしでは運動不足になるからと、スポーツ代わりの性交を承子に求められた。

そして一日の終わりには、恵の部屋のベッドに誘い込まれ、前と後ろの穴で交わり合った後、抱き枕のようにされて眠りについた。

朝から晩まで、淫気が高まるやその場でセックス。吹雪に閉ざされた山荘で、交わって、食べて、交わって、寝て――退屈を感じる暇もなかった。

そんな爛《ただ》れた日々が五日ほど続き――

まるで吹雪の方が根負けしたみたいに、和哉たちを閉じ込めていた大雪と強風がついに治まった。

2

吹雪の原因となっていた冬型の気圧配置だが、大陸からの冷たい空気がいったん弱まったことで、ひとまずはその勢力が落ち着いたという。この地域の今後の天気予報によると、しばらくの間は大雪が続くようなことはなさそうとのことだった。

それから二日後のこと――。

和哉は、浴室の脱衣所の前に立っていた。

「あの……本当にやるんですか？」

三人の姉妹たちもいる。「ええ、もちろんです」と恵が言って、承子と絵里もそれに頷いた。

姉妹たちに背中を押されて、和哉は脱衣所へ入る。彼女たちはすぐさま服を脱ぎだした。官能的に爛熟した恵の裸体が、健康美と爆乳を誇る承子のダイナマイトボディが、白く透き通るような絵里の華奢な肢体が、和哉の目の前で惜しげもなく露わになっていく。

（……こうなったら、覚悟を決めるしかないか）

和哉も服を脱いで、全裸となった。一応、腰にタオルを巻いて。それから浴室に続く曇りガラスの引き戸を開けた。もう夕方で、浴室には灯りがついている。湿気を含んだ温かい空気が脱衣所に溢れ、和哉たちの身体を包んでいく。

洗い場には先客がいて、ギョッとした様子でこちらを見てきた。

「え、ええっ……ちょ、ちょっと寺西くん、なに考えてるのっ!?」

和哉たちより先に浴室にいたのは、四姉妹の末っ子、詠美だった。

漫画家のアシスタントの仕事が終わった後、詠美は、いつでもこの山荘に向かえるように準備していたという。そして今日、回復した交通手段を使って、早速やってきたのだった。ちなみに四姉妹の両親を始め、町園家の他の人々は、明日以降に来るとのことである。

山荘までの山道には、まだ雪がかなり残っていて、タクシーは途中までしか行けず、詠美は歩いて山荘まで登ってきた。

くたくたになって身体も冷えた詠美に、恵たちは優しく風呂を勧《すす》めたのだが――しかしそれは気遣いなどではなく、妹を懲《こ》らしめるための、姉たちの恐ろしい計画の始まりだったのである。

両手で胸元を隠し、怒った顔で睨みつけてくる詠美に、和哉ではなく、薄笑いを浮かべた承子がこう言った。

「あらぁ、詠美ったら、和哉くんのことを名字で呼んでいるの？　恋人なのに？」

「あっ……いや、それは別に、たまたま口に出ちゃっただけよ」詠美は声を上ずらせて言い訳した。「そ、そんなことより、どうして……お姉ちゃんたちはともかく、和哉くんまで一緒に入る気なの？」

すると今度は恵が口を挟んでくる。「詠美ったら、なにを怒っているのかしら。恋人同士だったら、一緒にお風呂に入るくらい普通でしょう？」

その言葉に、詠美はぱっちりした大きな瞳をさらに真ん丸にした。あの真面目でお堅い恵お姉ちゃんがそんなこと言うなんて――という表情だった。

「い……いやいや、だって、お姉ちゃんたちもお風呂に入るんでしょ？　だったらやっぱり、和哉くんがいたら駄目じゃない。ていうか、なんでお姉ちゃんたち、和哉くんの前で裸になってるの!?」

困惑した声を上げる詠美に対し、絵里がくすっと笑う。その手には、あのビニールポーチがあった。

「私たちは気にしないわ。だっていずれは詠美ちゃんと結婚して、私たちとも家族になるんでしょ？　だったら平気よ」

絵里はすでに、淫水を撒き散らす姿まで和哉に披露している。しかしそんな経緯を知らない詠美は、人見知りで内気な絵里お姉ちゃんがどうして？　という顔で、またしても啞然とした。

和哉たちは構わずに浴室へ入っていく。恵の目配せを受けて、和哉は詠美に歩み寄った。詠美はやや童顔の美貌を真っ赤にして、和哉に背中を向ける。

「詠美さん、身体を洗ってあげますよ」

「い、いいいっ、自分で洗うから」

「あら、いいじゃない」と、承子が言った。「私も旦那が生きていた頃は、一緒にお風呂に入って洗いっこしたりしたわ。恋人同士なんだから、遠慮することないわよ。恋人同士なんだから」

「そうよね、恋人同士なんだから。ねえ、恵姉さん」

「ええ、恋人同士なんだから。うふふっ」

三人の姉たちが、微笑みながら詠美をじっと見据える。

詠美は怯えたように顔を引き攣らせた。なにかがおかしいと気づいてはいるのだろうが、それがなんなのか、彼女にはわかろうはずもない。

ただ、ここで頑なに拒み続ければ、和哉が本当の恋人ではないと疑われてしまうかも――ということは理解したようだ。

「じゃ、じゃあ、お願い……」と、詠美は観念した。和哉に背中を向けたままではあったが、バスチェアに座って、洗ってもらう体勢になる。

「和哉くん、前はいいから。後ろだけ、ね」

念を押してくる詠美に、和哉ははいと答え、彼女の後ろに膝をついた。

まずはかけ湯をする。二十六歳の瑞々《みずみず》しい女肌は湯を弾き、玉のようなしずくが背筋を流れ落ちていく。

綺麗《きれい》な背中だと、和哉は思った。四姉妹の末っ子だからか、少々子供っぽい性格の詠美だが、その背中には、大人の女らしい色気が控えめながらも漂っていた。ショートカットの襟足からうなじにかけての眺めも、なかなかに艶めかしい。

胸を高鳴らせつつ、和哉はスポンジでボディソープを泡立て、彼女の背中を優しく擦っていった。背筋や脇腹辺りにスポンジを滑らせると、詠美は両手で胸元を隠す格好のまま、くすぐったそうに身体を震わせた。かなり敏感そうである。

女体の反応に興奮を募らせた和哉は、彼女の腕を洗っているときに、隙を見て、腋《わき》の下からスポンジを潜り込ませようとした。

だが、スポンジが乳房に届く前に、詠美が素早く腋を締めてそれを制する。

「こ、こら、それ以上は駄目っ。後ろだけって言ったでしょ」

すると恵と承子が顔を見合わせ、詠美の左右にやってきた。二人は詠美の右腕と左腕をそれぞれつかみ、強引に腋を広げさせる。

「きゃあっ!? お、お姉ちゃんたち、なにするのっ？」

「詠美、あなた、嘘をついているんでしょう？」と、恵が詠美の顔を覗き込んだ。

「えっ……？」と戸惑う詠美に、和哉は言った。

「ごめんなさい、詠美さん。お姉さんたちに、本当のことを言っちゃいました」

承子がニヤニヤと笑う。「縁談を断るために、偽の彼氏で母さんを騙そうとするなんて、悪い子ねぇ。このことを知ったら、母さん、怒るだろうなぁ」

「それは、だって、ううぅ……ご、ごめんなさい、悪かったって思ってます。でも、お母さんには言わないで。お願いだから、ね、ね？」

姉妹の中で一番甘やかされているという詠美だが、今回の嘘がバレれば、さすがにただではすまないのだろう。怒られるだけでなく、縁談も断れなくなるに違いない。

あたふたと懇願する詠美。それを見て、恵は満足そうに微笑んだ。

「いいわ、お母様には黙っていてあげる。その代わり、今からお仕置きを受けてもらうわよ——さあ、和哉さん」

「えっ……ちょ、ちょっと待って和哉くん、やだ、やだぁ」

和哉は後ろから手を回して、今度こそ詠美の乳房にスポンジを擦りつける。形良い乳丘の裾から泡を塗りつけていき、徐々に頂上へと向かった。たっぷり時間をかけてから、いよいよ頂点にある突起をスポンジで撫でると、

「はううっ……ダ、ダメぇ」と、詠美は艶めかしく声を震わせた。

円を描くようにスポンジで撫で回せば、詠美の吐息はたちまち熱っぽく乱れていく。

泡まみれの乳首に、指で直接触れてみると、もうすっかり硬く尖っていた。

和哉はスポンジを持ち替え、反対側の乳房も撫で擦りながら、勃起した乳首を、親指と人差し指でこね回す。肉房を鷲づかみにして、揉み込んでもみた。掌にちょうど収まるサイズの膨らみは、四姉妹の中では最も張りがあり、和哉の掌の中をヌルッヌルッと滑りながら、ゴムボールのように小気味良く跳ねるのだった。

「あーっ……あぁん、そんなにモミモミしないでぇ……あっ、う、ううっ、乳首の周

りまで、そんなふうにコチョコチョされたら……う、うぅん」

背中を引き攣らせて、イヤイヤと悶える詠美。

やがて恵が、さらなる展開を促してくる。「和哉さん、もう乳房は充分ですから、次は詠美の一番大事なところを洗ってあげてください」

しかし、一番大事なところ——と聞くや、詠美はバスチェアの上で股座をぴったりと閉じてしまう。「駄目、駄目、こっちはさすがに……！」

恵はフンと鼻を鳴らし、あくまで冷静に指示を出した。

「絵里、バスチェアを外してちょうだい」

「詠美ちゃん、ごめんね……えいっ」

絵里が強引にバスチェアを引き抜き、詠美は床に尻餅をつく。「い、痛っ！」

すると恵と承子は、二人がかりで詠美を押し倒した。彼女たちは詠美の腕をまたいで、その見事な豊臀で押さえつける。両手で詠美の膝をそれぞれつかみ、左右に広げさせる。

強制的にM字開脚をさせられた詠美が、羞恥の悲鳴を上げた。

「いやあぁ、こんなのやだぁ！　赦《ゆる》してぇ、もう充分反省したからあぁ」

必死にもがこうとするが、二人の姉の丸々と実った熟臀をはねのけることはできなかった。恵は「駄目よ。まだまだこの程度じゃお仕置きにはならないわ」と、口元に妖しい笑みを浮かべて、末の妹を見下ろす。

（恵さん、大丈夫かな。ちょっと暴走しちゃってるんじゃ……）

少し心配になって、和哉は承子に視線を送った。それに対して、承子は苦笑いで肩をすくめた。まあ、これくらいは許してあげましょう――ということだろう。これまで恵は長女としての重責にずっと耐え、しかも良き姉であり続けたのだから。

絵里も、恵の〝お仕置き〟に協力的だった。先ほどのとは違うボディソープを、和哉の元に持ってきてくれる。「あのね、女性のアソコを洗うときは、普通のボディソープでは刺激が強すぎるの」

ヒリヒリするだけでなく、皮膚に必要な皮脂膜まで洗い流してしまって、乾燥したり、黒ずみの原因になってしまうこともあるそうだ。

今、絵里が持ってきてくれたのは、デリケートゾーン専用のボディソープだった。

和哉はそれを掌で泡立てる。詠美の股座の前に移動して、ぱっくりと開いた肉のスリットを、大陰唇の縁から丁寧に泡で撫でていく。初々しい緋色の花弁をムニュッと伸ばして、裏も表も優しく擦った。

「ああ、あうっ……お、男の子にアソコを洗ってもらうなんて、やだぁ……あぁ、こんなの恥ずかしいよぉ」

詠美は涙目になっていたが、手足の抵抗は次第に弱まっていった。

だが、泡にぬめる指が、包皮の上からクリトリスに触れると、絵里の手足はまたもがきだす。ただし今度は、くねくねと艶めかしく。

「そこは汚れが溜まりやすい場所だから、特にしっかり洗ってあげてね」と、耳元で絵里が言った。和哉は「わかりました」と答え、肉のベールをそっとめくった。

露わとなった小さく可愛らしい肉蕾に、泡の指で触れる。割れ物を扱うように、そっと、そーっと撫でていく。

「あーっ……あ、あーん……クリは、ダメよぉ……ふうぅん……！」

眉をひそめた悩ましげな表情で媚声を漏らす詠美。包皮から芽吹いたばかりの肉芽は、みるみる膨らんでいった。最終的に一センチにも満たぬ勃起具合だったが、コリッとした感触ははっきりと指に伝わってきた。

和哉は肉芽の付け根のくびれも、隈《くま》なく丹念に擦っていく。すると媚肉の窪みが蠢いて、奥から透明な粘液がダラリ、ダラリと溢れてきた。

「ひっ……くうっ……和哉くんが、こんなに上手だなんて……い、嫌なのに、自分でするより凄く感じちゃううぅ……あ、あぁ、このままだと、あたし、あたし……あぁあぁ、あううぅ」

夜這いの件が解決し、山荘がハーレム状態になってから一週間ほどの間、和哉は、恵たち三人を相手に実践練習を繰り返し、手マンの腕もだいぶ上達していた。詠美の腰のはしたない戦慄きはあからさまとなり、甘い呻き声は、今や絶え間なく浴室に響いていた。

絵里がシャワーの用意をしてくれたので、和哉は左手にシャワーヘッドを握り、温かな水流を割れ目に降り注がせながら、右手でしっかりと泡を洗い流していく。その後は、シャワーの水流を剝き身のクリトリスに当てつつ、右手の中指を根元まで肉壺に差し込んでストロークさせた。

「やあぁん、それ、ああっ……クリがムズムズして、イッちゃう、イッちゃうよぉ！　中も、あ、ああーっ……そこ、ダメぇぇ」

和哉の中指が、詠美のGスポットを捉える。膣路の天井側の、わずかにぷくっと膨らんでいる肉壁に、和哉は指圧を施した。第一関節を曲げて、指の腹をグッグッと押し込んでいく。

ほどなくして詠美は全身を緊張させ、苦悶の表情でウーッ、ウウーッと息みだす。それは断末魔の有様、アクメの秒読み段階だった。

「うーっ、ううぅ……イ、イクーッ！　イクイクッ、うふうぅんっ!!」

案の定、詠美は絶叫と共に果てる。中指がひときわ力強く締めつけられた。

和哉はシャワーヘッドを絵里に返し、詠美から中指を抜く。だが、休みを与える気はなかった。恵と目を合わせ、彼女も自分と同じ考えだと察すると、和哉は腰のタオルを外す。そしてぐったりしている女体に、未だ絶頂の名残《なごり》に戦慄く肉壺にすぐさまペニスを差し込んだ。

すでに完全勃起状態だったそれを、和哉が腰に力を入れてズブリと押し込むや、詠美は「ふぎっ!?」と奇声を上げる。彼女は目を見開いて、結合部と和哉の顔を交互に見つめた。

「ちょっ……か、和哉くん、待って、お姉ちゃんたちが見てるのに、セックスはいくらなんでも……あ、あうぅ、なんか凄く太いっ……なんなの、そのオチ×ポ!?　いや、うぅ、うぐうぅ」

和哉は構わず挿入を続ける。まだ中指で軽くほぐしただけの膣路は、太マラの侵入にかなりの抵抗を見せた。強張っている膣肉をメリメリと拡張しながら、和哉は幹の根元まで潜り込ませる。

「大丈夫よ。心配しないで」恵が、狼狽える詠美をなだめる。「今はちょっと痛いかもしれないけれど、すぐに慣れるわ。そうしたら、癖になりそうなくらい気持ち良くなるわよ。もう他のオチ×チンじゃ物足りなくなっちゃうんじゃないかしら」

承子と絵里もうんうんと頷いた。

「なにそれ……こ、怖いんだけど……！」詠美の顔が引きつる。「ていうか、お姉ちゃんたち、もしかしてみんな和哉くんとしちゃったの……⁉」

今度は恵も加わって、三人揃ってうんうんと頷いた。

「だって、和哉くんはあなたの本当の彼氏じゃないんでしょう？　だったらいいじゃない、別に」と、承子は悪びれた様子もない。

絵里は詠美の手を優しく握り、清らかな美貌に笑みを浮かべた。「詠美ちゃんも私たちと同じように、和哉くんに気持ち良くしてもらいましょう、ね？」

「みんな、どうしちゃったの？　和哉くん、みんなになにを——お、おううぅ」

強張っていた膣路も、多少は剛直に馴染んできたような気がしたので、和哉はゆっくりと抽送を開始した。先ほどの前戯アクメのおかげで、内部は熱く火照り、充分な量の愛液で潤っていた。

(ああ、気持ちいい……。もっと早く動かしても大丈夫かな)

さすがに若いだけあって、女壺の内側を覆う肉襞はツンと角が立っている。それが張り出した雁エラや、幹の裏側にしっかりと絡みついて、切れのある摩擦快感をもたらしてくれた。

和哉は大きなストロークで、ペニスの先から根元まで使って、まだ使い込まれていない肉壺ならではの味わいを愉しんだ。嵌めるほどに膣路はよりほぐれて、最初よりもずっとスムーズな抽送が可能となっていく。

肉擦れの愉悦がさらに甘美になっていくなか、和哉の胸中には、四姉妹丼を食べきったという誇らしさも昂ぶっていた。

（ついに僕は、姉妹全員とセックスしたんだ……！）

そして、四肢を押さえ込まれている詠美との性交は、無理矢理に女を犯しているような妖しい感覚ももたらし、嗜虐的《しぎゃくてき》な興奮と牡の獣欲も膨れ上がっていく。

じわりと、射精感が込み上げてきた。

ただ詠美の方は、まだ和哉とのセックスに違和感を覚えているようだった。

恵が、詠美の顔を覗き込んで尋ねた。

「ふふ、どうかしら、和哉さんのオチ×チン、素敵でしょう？」

すると詠美は、恥ずかしそうに恵の視線から目を逸らし、「わ、わからない」と答えた。それを聞いて、承子が首を傾げる。

「あら、気持ち良くないの？」

「うっ……ううん、そういうわけじゃないけど……おっきなオチ×ポが奥にズンズン来て、子宮の中まで入ってきそうで……なんだか怖いの」

どうやら詠美は、膣底への刺激をあまり快く思っていないようだった。

和哉も無意識のうちに、ピストンを励ましすぎていたようである。

この山荘でのハーレム生活が始まってから、恵たちの膣壺はどんどん和哉の剛直に馴染んでいった。もっと、もっと強く――とせがまれることが多くなり、和哉も強めの嵌め腰を使うことに慣れてしまっていたのだ。

すみませんと謝って、和哉はストロークの勢いを抑える。膣路の終点を軽くノックするようなピストンにして様子を見る――が、詠美の反応はあまり変わらなかった。

「詠美ちゃんは、奥ではそんなに感じないいんじゃないかしら？」

おそらくそうだろうと和哉も思った。絵里も、ポルチオよりGスポットの方が敏感なタイプだ。絵里とセックスするときのように、和哉はやり方を変える。

いったんピストンを中断すると、恵と承子に頼んで、詠美の両膝をもっと引き寄せてもらった。詠美の腰は、くの字を超えてさらに曲がる。

恥辱的《ちじょくてき》なマングリ返しの体勢に、詠美が悲鳴を上げた。

「あぁぁ、や、やだぁぁ、

こんなの、さっきまでの格好より、もっと恥ずかしいじゃない……！」

恵がうふふと笑う。「赤ん坊のオムツを替えてあげるときみたいね。詠美が赤ん坊だったとき、私がオムツを替えてあげたこともあったのよ。懐かしいわ」

「い、今、そんな話しないでぇぇ」

詠美は耳まで赤くして、ますます羞恥に悶えた。

しかし和哉が抽送を再開すると、詠美の反応が明らかに変わる。

「あっ、んんっ……さっきまでと、全然違うぅ……！　ひ、ひぃ、ふぅ、ううっ」

和哉は挿入を浅くして、反り返った鎌首が集中的にGスポットを擦るよう、ストロークを調整した。体位が屈曲位になったことで、挿入の角度が変わり、Gスポットへのペニスの当たりもさらに強くなった。

詠美はショートカットの髪を振り乱し、少女の面影を残した美貌をあられもなく歪めた。柔肌が戦慄き、ひっくり返したお椀《わん》のような形良い乳房がプルプルと震える。

口から漏れる呻き声は、発情した牝そのもの――。

女を悦ばせている確信を得て、和哉はさらに腰を振り続けた。

詠美の喘ぎ声はどんどん大きくなり、やがては浴室中に響くようになる。その声には次第に焦燥感《しょうそうかん》が滲《にじ》んでいった。そして彼女は、とうとう追い詰められたように叫んだ。

「あ、あぁーっ！　駄目、駄目、それ以上は……出ちゃう、オシッコ出ちゃうぅ！」

オシッコと聞いて、しかし和哉は躊躇わない。「大丈夫ですよ、それ、きっとオシッコじゃないですから。そうですよね、絵里さん？」

絵里は少しはにかんでから、優しく妹に語りかけた。

「詠美ちゃん、潮吹きって知らない？　和哉くんが言ったとおり、オシッコじゃないと思うわ。だから遠慮しないで出しちゃって。その方がとっても気持ちいいのよ？」

だが、潮吹きというのは、かなり放尿に近い感覚なのだろう。詠美は尿意の如きその感覚を、頑なに拒んでいるようだった。

しかし和哉は少しもピストンを緩めず、雁の段差で引っ掻くようにして、執拗にGスポットの肉壁を責め続けた。

恵と承子も好奇の眼差しとなって、詠美に潮吹きを促す。今さら恥ずかしがることもないでしょう、と。オシッコだったとしても、後でシャワーで流せばいいだけなんだから、と。

「やだやだやだぁ！　なんと言われたって、恥ずかしいものは恥ずかしいんだから――あぁぁ、あぁーっ、み、見ないで、みんな、う、ううーっ！」

不意に膣壺の中が、狂おしげにうねりだした。雁首の急所を揉み込まれて、ペニスの限界も一気に迫ってくる。和哉は奥歯を嚙み、額から流れる汗も拭わずに、最後の最後まで変わらぬピストンに努めた。

そしてついに——膣口のすぐ上にある小さな穴がヒクヒクッと蠢き、次の瞬間、透明な液体が勢いよく噴き出した。

「イクッ、イクーッ!!　いやあぁぁんっ」

たちまち和哉の下腹部が生温かく濡れていく。ほとばしりは三回、四回と続き、三人の姉たちはまばたきも忘れて、末の妹のお漏らし姿にじっと見入っていた。

ムワッと立ち昇ってくる匂いはやや刺激的で、和哉は劣情をたぎらせる。自分自身を追い込むためのピストンに切り替えると、抑え込んでいた射精感を解放する。盛りがついた獣の如く腰を振り立てれば、瞬く間に和哉も昇り詰めた。

「出ます、出るっ……くっ、んんんっ!!」

戦慄く腰が仰け反って、アクメ直後の膣底を思わず一突きしてしまう。詠美は「ヒイッ」と叫び、淫水の残りをピュッとちびった。

女体の一番深いところに多量の樹液を注ぎ込み、和哉はふうっと一息つく。ペニスの脈動もじきにやんだ。

急に静かになった浴室に、詠美の涙声だけがか細く響いていた。

「うぅ、ううっ……無理矢理お漏らしさせるなんて、酷い……酷いよぉ……」

「あ……ご、ごめんなさい」

ザーメンと共に嗜虐の情欲も吐き出してしまったようで、我に返った和哉は、さすがにちょっとやりすぎたかと後悔した。

すると、恵が動いた。豊臀を持ち上げ、詠美の片腕を自由にした。

そして――詠美の頭を優しく撫でる。

労《ねぎら》うように、慈しむように。その美貌に、女神のような温かい微笑みを浮かべて。

おそらくは吹っ切れたのだろう。今の恵の表情からは、甘やかされている妹への複雑な思いは、もう微塵《みじん》も感じられなかった。

「恵お姉ちゃん……」詠美の顔から悲しみの色が消えていく。

承子も、詠美のもう片方の腕からどいて、わしゃわしゃと詠美の髪の毛を掻き回した。「潮吹いたくらいで泣かないの。まったくしょうがない子ねぇ」

「それくらい恥ずかしかったのよね」絵里が、詠美の頭の横に膝をつく。「私も和哉くんの前で潮吹きしちゃったから、わかるわ。でも、気持ち良かったでしょ？」

絵里も手を伸ばす。三人の姉たちが、妹の頭をよしよしと撫でる。

世間では、末っ子は甘えん坊だとよく言われるが、詠美もご多分に漏れずのようだ。姉たちから寄ってたかって可愛がられて、みるみる相好を崩していった。

「えへへ……う、うん、凄く感じちゃった」

さっきまで半泣きで拗《す》ねていたというのに、もうほとんど機嫌を直したらしく、詠美はくすぐったそうな照れ笑いを浮かべるのだった。

3

結合を解くと、すぐさま絵里が肉棒にしゃぶりついてきた。男と女の白濁した粘液に加え、潮吹きの淫水にもまみれているというのに、絵里は躊躇うことなく、それらの汚れを舌で舐め尽くし、尿道口にまで吸いついてくる。

和哉にフェラチオ処女を捧げ、飲精まで体験した絵里は、すっかりザーメンの味が癖になってしまったようである。このところ和哉は、一日にほぼ二回は、絵里にザーメンをご馳走している。絵里のフェラチオも、最初のときに比べるとだいぶ上達していて、ペニスはたちどころに青筋張ったフル勃起状態へ戻された。

「んふぅん、美味しい……うむ、うむ、ちゅっ、じゅる、んぢゅうぅ」

精液の最後の一滴、ゴールデンドロップまで搾り取られるが、それでも絵里の口奉仕は終わらない。唇を亀頭冠に引っ掛けるようにして、雁首を擦り立ててくる。尖らせた舌先を鈴口にねじ込んできたりもした。口内に収まらない分の幹は、唾液のぬめりを利用して、指の輪っかでシコシコとしごいてくる。

すると、私たちも交ぜてと、恵と承子も参加してきた。姉妹たちによるトリプルフェラは、和哉も今日が初体験だった。彼女たちはかわるがわる亀頭をしゃぶり、幹を横咥えしてハーモニカのように唇を滑らせては、陰嚢を口に含んで睾丸を舌で転がした。さらには指を絡めてしごき、揉み込み、それでも余っている手があれば、脇腹や内腿までくすぐるように撫で回してきた。

三つの口と、六つの手。姉妹ならではの、まるで阿修羅の如き連携プレイに、和哉はどんどん高まっていく。ギャラリーとなって少し離れたところから眺めていた詠美が、「お姉ちゃんたち、凄い……」と呆気に取られたように呟いた。

「あの、それ以上は……ウウッ、ぼ、僕、イッちゃいますよ」と和哉が告げると、途端にトリプルフェラは止まった。三人はアイコンタクトを交わし、頷き合う。

詠美に〝お仕置き〟をした後のことは、事前に決めてはいなかったが、妹のアクメ姿を見て、姉たちは完全に発情してしまったようだ。和哉はこのまま全員とセックスすることになった。

そうなると、おそらく和哉は立て続けの射精を強いられることになる。だが、いくら和哉が若くても、精力が無尽蔵に続くわけではない。だから無駄弾は控えようということになったのだ。

三人で話し合って、誰から嵌めてもらうかを決める。

「いいの？　めぐ姉さんが最初じゃなくて」

「ええ、私は最後でいいわ」

それは長女の優しさか、恵は二人に順番を譲った。残る承子と絵里はジャンケンをして、その結果、まずは承子からということになった。

「じゃあ和哉くん、仰向けに寝てちょうだい。私が動くから、楽にしてていいわよ」

詠美と一戦交えたばかりの和哉を気遣ってくれているのだろう。言われたとおりに和哉は、浴室の床に仰向けになった。クッション性のある床材のおかげで背中は痛くないし、タイルのように冷たくもなかった。

「和哉くんと詠美のセックスを見ていたら、私も凄く興奮しちゃったわ。すぐに嵌めちゃうわね」

承子は男根を握り起こし、騎乗位で繋がってくる。彼女の言ったとおり、膣内は充分すぎるほどぬかるんでいて、剛直はやすやすと呑み込まれていった。

「あはぁん……ふふふ、毎日嵌めてるから、もうすっかりアソコが、和哉くんの極太オチ×チンに馴染んじゃったわ」

ペニスの根元まで一気に挿入すると、承子は蹲踞《そんきよ》の姿勢で、早速上下に腰を弾ませる。柔らかな熟粘膜が肉棒に隙間なくへばりつき、ヌッチャヌッチャと淫音を響かせて甘擦りしてくる。

（ああ、いい。ほっとする気持ち良さだ）

じっくりと性感を高められていく心地良さは、朝から晩までペニスの萎える暇もないような数日間を過ごした今でも、全然物足りなく感じなかった。

特に承子の騎乗位セックスは素晴らしい。日頃からジムに通っているという彼女は、その鍛えられた足腰を使って、実に切れのある逆ピストン運動が行えるのだ。

甘美な摩擦快感に酔いながら、和哉もただ寝っ転がっているだけでは申し訳なくなって、上下に跳ねるHカップの双乳に手を伸ばす。低反発の柔肉を揉みほぐし、褐色の肉突起をつまんではこね回した。

「あん、和哉くんったらぁ……くふぅ、んんっ、気持ちいい……もっと強く、引っ張ったり、ねじったりしてぇ」

リクエストに応えて、和哉が手技を駆使していると、例のビニールポーチを携えた絵里が近づいてきて、和哉の横に膝をつく。

「うふっ、和哉くんの乳首も気持ち良くしてあげるわね」

絵里がビニールポーチから取り出したのは、あの乳首専用のカップ型ローターだった。続けてローションのボトルを手にし、その中身をローターの回転部やカップの縁に塗りつけていく。

「えっ、それ、男にも使えるんですか？」

「そのはずよ。男性の乳首開発にも使えるって宣伝文句だったから」

絵里は和哉の胸にカップを装着した。カップと一体化しているビニールボールのような部分を押し潰すたびに、カップの中の空気が抜けて、和哉の胸板に吸盤の如く吸いついていった。

二つのカップを装着すると、絵里は両方いっぺんに電源を入れる。モーター音を唸らせてシリコン製のブラシが回転しだし、ムズムズするような快美感に和哉は息を呑んだ。

「うぐっ……これは、あ、ああっ……！」

気持ちいい。だが、同時にくすぐったい。

和哉は込み上げてくる感覚に身をよじった。じっとしていられないような焦燥感があったが、乳首が気持ちいいと、ペニスを包む摩擦快感も不思議とさらに高まっていった。

「あっ、うふぅん、和哉くんのオチ×チンが、なんだかもう一回り大きくなったような……ああ、凄い、アソコのお肉がめくれちゃう、引きずり出されちゃうぅ」

そう言って承子は、ますます逆ピストンを励ます。

そして絵里は、位置を変えて正座し直し、和哉の頭を、左右の太腿の間に載せるようにした。膝枕だ。

「私のオッパイも気持ち良くしてね」と、絵里は上半身を倒してくる。Dカップの膨らみが顔面に迫ってきた。まるでホッチキスのように、和哉の頭は太腿と双乳に挟まれた。

柔らかさの中に弾力を秘めた乳肉と、細身ではあってもそれなりにムッチリとした太腿肉の感触を、上と下から同時に押しつけられ、和哉はなんとも贅沢な窒息感を味わう。

「ううぅ、むぐぐ……！」

「あ、ごめんなさい、息ができなかった？」

絵里は上半身を少し起こしてくれた。顔中を覆っていた肉房が離れて呼吸ができるようになると、和哉は双乳の谷間にこもった甘い匂いをたっぷりと吸い込んでから、なめらかな乳肌に舌を這わせた。

赤ん坊に授乳するように、絵里が乳首を、和哉の口元に寄せてくる。和哉はすぐさま乳輪ごと咥え込み、レロレロと乳首を舐め転がして勃起させた。絵里は鼻息を熱く乱しながら、左右の乳首を交互に和哉にしゃぶらせてきた。

「あーん、うふふ、オッパイを吸ってる男の子って可愛い。もっと、もっとぉ」

会ったばかりの頃は、あまり目も合わせてくれないほどの人見知りだった絵里が、今ではすっかり和哉に心を許し、甘えるように大胆に口愛撫をせがんでくる。

コリコリとした感触の勃起乳首を、和哉はせっせと舐めて、吸って、前歯で甘く噛み潰した。絵里の媚声はますます艶めかしくなっていくが、それ以上に和哉も高まっていた。

(駄目だ、もう出そう……！)

童貞だった頃よりはずっと長持ちになったイチモツだが、トリプルフェラに続けて承子の下の口で、蕩けるような熟れた蜜肉にジュッポジュップとしゃぶられては、もはや我慢の限界だった。

「おっ、おおお……うぐ、ウウーッ!!」

和哉は乳首に食いついたまま、吐精の悦にビクンビクンと身を震わせた。

「あっ……ふあぁ、出てる、オチ×チンがビュクンビュクンしてるぅ。お腹の中に精液が溜まっていって……あぁん、あっつぅい」

膣内射精の感覚に酔ったのか、承子の嬌声がろれつを怪しくする。疲れ知らずの逆ピストンは、この期に及んでさらに勢いを励ました。バスケットボールのドリブルの如く、張りのある豊臀が和哉の腰で弾み、根元まで潜り込んだ男根が、その先端でズンッズンッズズンッと子宮口を打ちのめす。

射精直後の敏感な亀頭が擦られて、和哉はウグググと苦悶の呻きを漏らしたが、ペニスは若干硬さを失っただけで、荒々しい抽送にもまだ耐えられていた。

「お腹の中で精液が、グッチョグチョに掻き混ぜられてぇ……！　くうっ、うふふぅ、イッ……く、イクイクぅ、おほぉ、いいぃん!!」

ほどなくして承子も絶頂し、和哉の腰に着座した状態でビクンビクンと、女体と膣路を共に打ち震わせた。

和哉はほっと息をつく。が、休んでいる暇はない。

承子が結合を解き、ぐったりした様子で浴室の床にひっくり返る。和哉はすぐに起き上がり、今度は絵里の女体に挑《いど》んだ。彼女は正常位を望んで床に仰向けになり、そっと股座を広げる。

和哉は胸に張りついている乳首用ローターを外し、カップの縁やブラシにローションを補充してから、絵里の形良い豊乳の頂上へ装着した。ローターの電源をオンにすると、すかさず屹立を彼女の膣穴へ挿入する。

「ああぁん……和哉くんの大きなオチ×チンで、私のアソコも、前より広がっちゃったみたい。もうそんなに痛くないわ……う、うふぅ」

たっぷりの蜜をたたえた肉壺は、絵里自身の言うとおり、柔らかさと弾力を増していて、最初のときよりもずっとスムーズに太マラを受け入れてくれた。

「絵里さんのアソコ、嵌めるたびに、前よりもっと気持ち良くなってますよ。今セックスしたら、旦那さんも、さすがにプラトニックなんて言ってられなくなるんじゃないですかね」

「ほんとに？　ふふふっ、もしそうなったら、和哉くんのおかげね。じゃあそのためにも、もっともっと嵌めてもらわなくちゃ」

喜んでと、和哉はピストンを開始した。角の立った襞肉を掻き分けて、剛直を抜き差しする。雁高のエラがＧスポットを引っ掻くたび、絵里はアアン、アアンと甘ったるい牝声で鳴き、清楚な美貌をあられもなく蕩けさせていった。

と、大の字になってぐったりしていた承子が起き上がり、四つん這いで近づいてくる。彼女は絵里の乳房に吸いついている淫具をまじまじと眺め、驚きと感心を混ぜ合わせたように唸った。

「絵里ったら、こんないやらしい道具を持っていたのね。絵里がこういうものを使ってオナニーしていたなんて、夢にも思わなかったわ」

承子が興味ありげだったので、和哉は乳首用ローターの操作の仕方を教えてあげた。すると承子は悪戯っぽく微笑み、ブラシの回転速度や回転パターンを一つずつ試していく。ブラシは加速したり、回転方向を切り替えたりしながら、絵里の可憐な乳首を擦り立て、揉みくちゃにした。

「あ、あっ、ううーっ！　わ、私、凄くエッチなの……子供の頃から、オナニー大好きだったのぉ」

叫ぶようにそう言う絵里。その顔は淫乱女のそれでありながら、彼女の心のすがすがしさが表れているようでもあった。

かつては人見知りだった絵里も、本当の自分をさらけ出す歓びに目覚めたようである。そのきっかけが僕とのセックスだったのかも——そう思うと、和哉は誇らしい気分になるのだった。

と、今度は恵が近づいてきて、甘える猫のように身を擦り寄せてくる。

「私も、いやらしい女です。でもそれは……和哉さんのせいですよ？」

恵は和哉と向かい合うようにして、絵里の身体をまたいだ。そして和哉の頭を抱き寄せる。和哉の鼻面が巨乳の谷間に埋まって、少し汗ばんだ熟れ肌の匂いが鼻腔を満たしてきた。

「ねえ……妹たちのセックスを見て、たまらなくなっちゃいました。私のアソコ……オ、オマ×コ……もうグチョグチョに濡れちゃってますよ」

破廉恥な四文字に情欲を煽られた和哉は、嵌め腰を続けながら、恵の股間を指で探る。肉厚の大陰唇の狭間は、確かに多量の蜜で蕩けていて、早くも肥大したクリトリスは指先で容易に見つけられるほどだった。

(このまま指でいじってもいいけど、せっかくだから――)

和哉は承子に頼み、絵里のビニールポーチから適当なローターを取ってもらう。

手渡されたものは、ちょうど和哉も使ったことのある、あのカプセル型のローターだった。早速電源を入れて、力強く震えだしたそれを恵の陰核に、包皮の上からそっとあてがった。

「アーッ、い、いやぁん、和哉さんの指で直接してもらった方が嬉しいのに……あ、あっ、ダメぇ、痺れちゃうぅ、うっ、ううっ」

クリ責めだけでなく、ローターを膣穴に潜り込ませてヌプヌプと出し入れしてみたり、たっぷりのぬめりをまとったそれを後ろの穴に押し当て、左右にねじってみたりする。

恵は媚声を震わせながら、くねくねと身をよじった。そして和哉の顔をつかみ、上を向かせ、唇を重ねてくる。すぐさま舌を潜り込ませて、ディープキスで和哉の口内をむさぼった。

「ふぅん……！　うむ、んんっ……じゅる、ちゅぷっ……んはぁ」

和哉も舌に舌を絡め、艶めかしく情熱的な彼女の口づけに積極的に応える。

舌で交わり、ペニスでも繋がる。昂ぶる官能のまま腰を振り続けていると、やがて和哉は、新たな射精感が込み上げてくるのを感じた。

「うぅ……え、絵里さん、僕、そろそろ……」

「う、うん、私も……私もイッちゃいそう……！　あ、ああっ、和哉くん、お願い、イクときは……！」

イクときは、私のお口に出して——と、絵里は言った。彼女は中出しよりも、あくまで飲精にこだわっていた。

　もちろん和哉はその願いに応えてあげたい。ただ、それにはまず絵里を絶頂させてからだ。和哉はいったん恵に離れてもらい、嵌め腰に集中する。詠美のときと同様の、浅い挿入によるピストンに切り替え、Gスポット派の絵里を追い込んでいく。

「あぁぁ、それぇ、うん、うんっ……い、いっ！　当たる、引っ掛かるの、Gスポットにぃ、アウ、ハウゥ、く、来るぅぅ！」

　淫らな笑みを浮かべた唇の端から、はしたなくもよだれを垂らす絵里。

　さらに和哉は彼女の肉裂に手をやり、親指と人差し指で包皮をつまんで、めくり上げると、ズル剝けとなった大粒の肉真珠に、先ほどまで恵に使っていたカプセル型ローターをあてがった。

　Gスポットとクリトリス、女の急所を二つ同時に責め立てる。ローターの振動が媚肉を伝わって、ペニスにまで愉悦を与えてきた。和哉は肛門に気合を入れ、絵里にとどめを刺すためのピストンに全力を尽くす。

　絵里はほっそりとした喉を晒して仰け反り、ビクッビクッと肢体を痙攣させた。

「ひいぃぃ！　イ、イクイクぅ……あ、ああっ！　中イキと外イキが、いっぺんに来る、来るっ、あぁぁああ……イクーッ!!」

跳ね上がった背中が弓なりになり、絵里は断末魔の叫び声を上げる。それと同時に、尿道口から勢いよく淫水を噴き出させた。

そのときにはもう、和哉の射精感も限界ギリギリだった。肉壁をうねらせるアクメ膣の嵌め心地に、我を忘れそうになりながらも、なんとかペニスを引き抜き、素早く移動して絵里の上半身にまたがる。

白蜜まみれの肉棒を突き出すと、絵里は小さな口を精一杯に広げて、すぐさましゃぶりついてきた。

さらに承子が横から手を伸ばし、ペニスの根元を指の輪っかで握って、シコシコッと激しくしごき立ててくる。

「さあ、和哉くん、絵里にたっぷり飲ませてあげて。ほら、ほらほらっ」

「おおおっ……イ、イキます、出る……ウ、ウグウッ!!」

三度目の射精にして量も勢いも未だ衰えず、和哉は絵里の口内へ、喉の奥に向かってドピュドピュと樹液を注ぎ込んだ。承子の手は、まるで牛の乳を搾るようにギュッギュッと肉棒を握ってきて、吐精の愉悦を、中出しにも劣らぬほど甘美なものにしてくれる。

絵里は何度かむせそうになり、涙目になりながらも、決してペニスを吐き出したりせず、熱々の搾りたてザーメンを喉を鳴らして嚥下《えんげ》していった。

すべて飲み干した後、絵里はようやくペニスを吐き出して、満足そうに溜め息をつく。そして妹の詠美に向かって、にっこりと微笑みかけた。

「うふふ、私もいっぱい潮吹きしちゃった」

「う、うん、いっぱい出してたね」

きっと潮吹きアクメを披露した姉にシンパシーを感じたのだろう。詠美はちょっと戸惑った様子だったが、それでも笑顔を返した。

4

四姉妹のうちの三人と交わり、いよいよ最後の一人である恵を相手にする。

恵は四つん這いになって股を広げ、和哉の挿入を待っていた。その姿はなんとも破廉恥でありながら、どこか恭《うやうや》しくも感じられる。

立て続けに三度の射精を経たとはいえ、しとどに濡れた恵の秘裂に向き合えば、和哉の息子は立ちどころに力感を蘇らせた。膝立ちになって女の股座に迫ると、恵は期待に打ち震えるように、豊満なる桃尻をプルプルッと揺らして、

ていた。

「和哉さんの、好きな方の穴に入れてください」と言った。

それを聞いた詠美は、目をぱちくりさせる。「好きな方の穴……？」

恵のアヌス好きをすでに知っている承子と絵里は、微笑みながら和哉たちを見守っていた。

和哉は恵に囁く。「お尻の方でもいいんですか？」

「ええ」と、恵は頷いた。「どうせ承子と絵里にはもうバレていますし、今さら構いません。それに、私がお尻でも感じてしまうのは、まぎれもない事実ですから」

姉妹同士、自身の恥ずかしいところもさらけ出していきたい――

それが今の恵の気持ちなのだろう。あるいは詠美に対するこの〝お仕置き〟も、姉妹全員で本当の裸の付き合いをするための口実だったのかもしれない。

「わかりました。じゃあ……やっぱり、こっちの穴ですか？」

和哉は若勃起を握り込み、肛肉の窄まりの中心に亀頭をグリッと押し当てた。

「おうぅっ……わ、私はどっちでもいいです。和哉さんが入れたい方で……」

膣穴よりもアヌスの方が、性感帯としてより成熟している恵。だからこそ和哉に夜這いをかけたとき、彼女はアナルセックスを選んだのだ。

しかし和哉と交わるようになってから、膣内の愉悦、ポルチオの快感にもだんだんと目覚めてきているという。

「でも、まだお尻の方が気持ちいいんでしょう？」

「それはそうですけど……でも私、和哉さんのオチ×チンで、オ、オマ×コも、もっと感じるようになりたいんです」

そもそも恵のアヌスが膣穴以上の性感帯となったのは、半ば無理矢理に、夫に開発されたからだった。そのきっかけは、恵の妊娠だったという。

せっかく妻が素晴らしい名器を持っていても、妊娠中にうかつに嵌めて、万が一にも流産してしまったら大変である。そこで夫は、出産が無事に終わるまでは、恵のアヌスを弄《もてあそ》んで愉しんでいたそうだ。

「私……夫にお尻の穴を開発されるのが嫌でした。あの人の手で、いやらしい身体になっていくのが悔しかったんです」

愛していない男のオモチャとなり、アブノーマルな行為に慣らされていくのは、女にとって、これ以上ない屈辱だったのだろう。恵の声には嫌悪感が滲んでいた。

が、不意に彼女はふふっと笑う。一転して、晴れやかな口調となる。

「でも、それが和哉さんだったら、全然嫌じゃありません。あなたのオチ×チンで、どんどんいやらしいオマ×コになっていくのが、私、とっても嬉しいんです」

ノーマルなセックスで、たとえ肉体的な絶頂が得られなかったとしても、心は充分に満たされるのだと、彼女は言った。

それは和哉にとって、愛の告白そのものに聞こえた。

たちまち胸が熱くなる。男根も昂ぶり、野太い血管を幾筋も浮かべる。先端がへそにくっついてしまいそうなくらい反り返り、ズキズキと鈍く疼いた。

「じゃ、じゃあ……こっちの方に入れさせてもらいます」

周りの景色が映り込みそうなほどパンパンに張り詰めた亀頭を、和哉は膣穴の口に嵌め込む。蜜を滴らせた媚肉の感触に鼻息を荒らげ、根元まで一息に貫いた。

肉の拳が膣底にめり込むと、恵は苦悶と喜悦の声を震わせて唸る。

「あぐうっ……ん、んおぉ、凄い奥まで……！　和哉さんのオチ×チン、いつもよりもっと大きいみたいです……あ、あっ、中が、すっごく広がってるぅ」

「う、うわあぁ……い、いきますよっ」

魅惑のダブル名器の感触に膝を笑わせながらも、和哉は抽送を開始した。

熱く蕩けた膣肉はどこまでも柔らかく、極太の幹による拡張にもすぐに馴染んで、慈母が我が子を抱き締めるように優しくペニスを包み込んでくる。

それだけでも充分に心地良い熟膣の嵌め心地なのだが、そこに数の子天井と蛸壺の愉悦が加われば、その摩擦快感はもはや常軌を逸していた。ほんの三擦《こす》り半で、和哉はカウパー腺液をちびりまくってしまう。

嵌めるほどに理性を蝕《むしば》まれていくような、まさに男を狂わせる魔窟だった。

夜這いの件が解決してから一週間余り、恵とは連日セックスをして、このダブル名器の快感にも多少は慣れていたが、それでもこれがもし本日初めてのセックスだったら、おそらく和哉は三分と持たなかっただろう。

膣路の奥半分を覆う粒状の肉襞に、ペニスの急所がゴリゴリと磨り下ろされた。さらに膣奥が蛸の吸盤の如く吸いついてくるので、ピストンで亀頭を剝《は》がす瞬間、快美なる電流が股間から背筋へと駆け抜けた。

恵の膣穴は、手前と奥で嵌め心地がまるで違う。それは、真面目で貞節そうな彼女が隠し持っている多淫な牝の本性を表しているようだった。

(やっぱり、気持ち良すぎる……！)

和哉は肛門を締め上げて嵌め腰に励み、性感帯として花開きかけているポルチオをズン、ズン、ズンと揺さぶり続けた。

「あぁぁ、私っ……い、いぃ……！　か、感じています、奥が、子宮が……気持ち良く痺れて……身体中にも広がっていくぅ」

日々着実にポルチオの感度を増している恵は、悩ましげに腰をくねらせる。

和哉はより深く挿入し、さらに膣底を抉っていった。腰がぶつかるたび、逆ハート形の豊臀は艶めかしく波打ち、心地良いクッションで和哉を跳ね返した。それによって、ピストンはますます勢いに乗った。

ただ、まだポルチオだけで恵を昇り詰めさせるのは難しいだろう。オルガスムスを得るには、もう一山越える必要がありそうだった。が、その一山がなかなか越えられないのだ。

一方の和哉は、確実に射精感を募らせている。このまま続ければ、和哉だけがあっけなく果ててしまうのは必至だろう。しかしできることなら、やはり恵と一緒にイキたかった。

と、そこに承子と絵里が寄ってくる。

「我が家の長女として頑張ってくれているめぐ姉さんに、私たちもご奉仕しちゃいまーす」

「恵姉さん、いつも責任の重い役目を引き受けてくれてありがとう」

恵を昇天させるため、二人も協力してくれるというのだ。承子は例のビニールポーチの中身を物色し、そのうちの一つを興味深げに取り出した。それは細長いマウスのような形状をしていて、裏側にひょっとこの口のようなものが飛び出していた。

「それは吸引式のバイブよ」と、絵里が使い方を説明する。ひょっとこの口のような突出部には吸引機能があるので、そこを女体の敏感な突起に被せて使うのだそうだ。バイブなので、もちろん振動機能もあるという。

承子はそのバイブを、四つん這いの恵の股座に潜り込ませた。空いている方の手で器用にクリトリスの皮をめくると、突出部をその上に被せる。そしてスイッチオン。

「ヒイイッ!?」と、恵が金切声を上げた。「な……なにをしてるの、承子、やめなさいっ……あ、いやっ、す、吸い上げられるぅ」

吸引と振動が、女体の最も敏感な器官を責め立てる。

承子は悪戯っぽく笑って、姉へのクリ責めを容赦なく続けた。手探りでボタンを操作し、バイブの機能をいろいろと試しているのが、和哉にも振動音の変化でわかった。モーターの唸りが大きくなったり、ブブブ、ブブブと断続的になったり——それはまるで、女を狂わせることにバイブ自身が悦び、愉快そうに笑っているようだった。

そして、そこに絵里も加わってくる。絵里は、掌サイズのあのカプセル型ローターに、たっぷりとローションを垂らした。それから電源を入れて、恵のアヌスにそっと押し当てる。

「はううっ……え、絵里まで、ダメよ、そこはぁ……あ、あひっ！」

「うふふっ、恵姉さんは、こっちの穴もほんとに好きなのね」

ローターの振動を受けて、悩ましげに収縮する菊座。その有様を見て、絵里は瞳に妖しい光を宿らせた。ローターの先端で肛穴の中心を抉るようにしていたかと思うと、彼女は次の瞬間、その先端を穴の奥へとねじ込んだ。

「ちょっ……ん、んおおぉ、入れちゃ駄目えぇ！　しっ、痺れるぅぅぅ！」

途端に膣穴が、これまでにない力強さでペニスを締めつけてきて、恵だけでなく、和哉まで悲鳴を上げそうになる。しかも膣路と直腸は、薄い肉壁一枚で隔たれているだけなので、ローターの振動は、まるでペニスに直接触れているみたいにビリビリと伝わってくるのだった。

あまりの気持ち良さに、精子混じりの先走り汁がとめどなく溢れる。それが呼び水となって、腰の奥から射精感が高まっていった。

「うぐっ、ぐぐぅ……僕、もう……おおぉ」

「待って、和哉くん、あと少しで恵姉さんもイッちゃうと思うわ。ねえ、詠美ちゃんも手伝って、さあっ」

絵里に促されて、ギャラリーに徹していた詠美もおずおずと参加してくる。

詠美は、淫具には手を出さなかった。四つん這いの恵の脇に腰を下ろすと、恵の胸元からぶら下がっている大きな膨らみを掌に載せ、タプタプと揺らした。

「いいなぁ。あたしもこれくらいのオッパイが欲しかったな」

「ふふふ、詠美ちゃんはちっちゃい頃から恵姉さんのオッパイが大好きだったよね。一緒にお風呂に入ったときとか、触らせて触らせてって駄々こねたりして」

「そうそう、私の方がめぐ姉さんより大きかったのに」

「承子お姉ちゃんのオッパイは大きすぎなんだもん。あたしにとっては、恵お姉ちゃんくらいのサイズが理想なの」

詠美は床に仰向けになって、半ば強引に、恵の胸元に頭を潜り込ませる。お腹を空かせた仔牛が母牛のオッパイに吸いつくように、巨乳の頂を咥えてしゃぶりだしたようだ。チュパチュパと艶めかしくも可愛らしい音が聞こえてくる。

「こ、こらっ、詠美ったら……あなた、もういい大人なのに……ダ、ダメよぉ、そんなに吸っちゃ……ふおっ、おほおぉ……！　いやぁ、みんなちょっと待って……あぁん、もうイッちゃう……あう、あううぅ」

吸引式バイブを陰核に当てられ、ローターを肛穴にヌプヌプと出し入れされ、乳首に口奉仕を受けて――妹たちからの手厚い愛情表現に、恵は切羽詰まった様子で女体を戦慄かせた。

ここぞとばかりに和哉も嵌め腰を轟《とどろ》かせる。女の泣きどころをいっせいに責められた恵は、折れんばかりに背中を仰け反らせ、黒髪を振り乱してよがり狂い、ついにはアクメに達した。

「あーっ、ああーっ！　こんなの、か、かっ、んんぅ、感じすぎちゃう、ダメ、凄いわ、凄いのが、来る、イクッ……イクイクイクーッ!!」

充血して厚みの増した肉路がググッと膣圧を高め、ペニスを奥へ奥へと引きずり込むように蠕動する。限界間際のペニスを激しく揉み込まれ、和哉は射精を心によぎらせた。

だが——それでも耐えられるだけ耐えた。オルガスムスに蕩けた膣肉を剛直でなおも擦り、抉り続け、恵に最高の絶頂感を贈った。

「ふぎぃ、イ、イッてるのにぃ……！　こんなの、ずっとイキ続けちゃう！　おぉ、おおぉ、子宮が気持ち良くって、溶けちゃう、なくなっちゃう、私、イキすぎて、おかしくなっちゃウウッ！」

「奥ですかっ？　ポルチオが気持ちいいですかっ？」

「ええ、ええっ」恵はガクガクと首を振った。「こんなに奥で感じたのは初めて……

痺れて、熱くて……あぁ、イクッ、またイク、イクイクッ……イグぅぅぅ!!」

「くうぅ、め、恵さん、僕も……イクッ!!　ウッ、ウウウーッ!!」

溜めに溜めた精液を、マグマの如く煮え立つ牡のエキスを、今こそ和哉は解き放つ。今後、どれだけ恵が夫に抱かれても、決してこの熱さを忘れないように、女体の最深部に亀頭をめり込ませて、火を噴くようにほとばしらせる。

射精の発作が治まるまで、恵は狂おしげに悶え続けた。

最後の一滴まで絞り出した後、和哉は繋がりを解く。白濁液にまみれ、ほかほかと湯気すら立ち昇らせている肉棒は、未だピストンを可能とするほどの充血を保っていた。

「恵さん、まだ……まだいけますよねっ？」

「え……ええ？　和哉さん、まさかまだ……うっ、ダ、ダメぇ、んほおおぉ！」

和哉は絵里のローターを、恵の肛門から勢いよく引き抜き、その穴が閉じる前に肉の楔《くさび》を打ち込んだ。一気に根元まで。

人差し指程度の大きさのローターではあったが、その抜き差しのおかげで肛穴はだいぶほぐれており、和哉はすぐさま抽送を始める。甘美の極みともいうべきダブル名器の嵌め心地とはまるで異なる愉悦——ひたすら強烈な締めつけによる摩擦快感が、微かな痛みすら伴ってペニスを襲った。

「うっく、うぐぐ……ふ、ふうっ……ん、んっ、はっ、はあっ……！」

「か、和哉さん、和哉さぁ……んんっ……さすがに無茶です……さっきから、もう、四回も射精をぉ……！　も、もう、充分ですから……お、お、お尻ぃ、いひーっ」

和哉は駄々をこねる子供のように首を振り、美熟の豊臀にかじりついて懸命に腰を振り続けた。まだ終わりたくない。たとえ睾丸が空になり精液が尽きてしまっても、長時間の充血によるペニスの痛みが摩擦快感を上回っても、勃起が続く限りは恵と交わっていたかった。

なぜなら、彼女とセックスできるのも、今日で最後だろうから。

明日以降、町園家の人々がこの山荘にやってくる。そうしたらもう、こんなふうに恵と繋がることはできないだろう。

和哉は、恵のかつての恋人の代わりにされた。そのことがわかっても、芽生えた恵への想いは消えなかった。理性では割り切れない、抑えられない。それが恋というものなのかもしれない。

「おうっ、おおっ、恵さん、僕のこと……いや、僕のチ×ポ、好きですかっ？」

「ひっ、ひぃぃ、す、好きぃぃ！　和哉さんのオチ×チン、チ×ポ、大好きです、ん……んんーっ！　おお、おほぉ、うぅーっ……チ×ポ気持ち良すぎて、私、おかしくなっちゃう、なっちゃってますぅ、おぉおおおぉ」

恵の股間の割れ目から、黄金色に輝く液体が噴き出した。

やはりアヌスは、恵にとって最大の性感帯。しかもポルチオによる、アクメを超えたアクメで、女体は蕩けきっていた。もはや恵は、妹たちに見られていることも忘れ、肉悦の完全な虜となっているのだろう。

芳ばしく香る液体を何度も漏らし、気が触れたようによがり啼《な》いては、身悶えする恵。その凄艶な有様を、承子と詠美は息を呑んで眺めている。絵里も驚きの表情だったが、その手は密かに己の秘部をさすっていた。

彼女たちが手を出せないほどに、和哉と恵は、二人の世界に入り込む。

「いっ……いきますよ、恵さん……お尻の穴に出しますっ」

「来てぇ、いっぱい出してください、和哉さんの精液！　あうぅうぅ、コーモン、擦れる、火傷しちゃうぅ、アーッ、アアーッ、私もイグッ、イグイグイグゥーッ!!」

浴室に響き渡る大淫声。その直後――和哉も昇り詰める。

和哉は、自分にとっての初めての穴に、ありったけの想いを注ぎ込むのだった。

エピローグ

　翌日には、絵里の夫が駆けつけてきた。仮病をするつもりだったという承子の子供たちも、家政婦に連れられてやってきた。まだ小学生の子供たちは、二週間以上も母親に会えなくて寂しかったのだろう。会うなり承子に抱きつき、しばらく離れなかった。

　そしてその次の日の土曜日――ついに四姉妹の父親と母親が、恵の夫やその子供たちと一緒に山荘に来た。

　四姉妹の両親との顔合わせに、和哉はやはり緊張した。母親は、六十近い年齢とは思えぬほど凛《りん》としていて、恵たちの話に聞いていたとおり、いかにも厳しそうな人だった。和哉は眼光鋭く見据えられながら、まるで警察の取り調べの如く、家柄や学歴や将来設計について問い詰められた。父親の方はとても穏やかそうな人で、優しげにずっと微笑んでいてくれたのが救いだった。

話が終わると、母親は「まあ、いいでしょう。誠実な交際をお願いしますよ」と、一応は納得してくれたようだった。その頃には、和哉は腋の下や背中にびっしょりと汗をかいていて、寿命が三年は縮んだような気分だった。

その夜、詠美は、無事に縁談を回避できたお礼として、和哉のベッドに潜り込んできた。和哉は、「お礼なんていいですよ」と言いかけたものの、強引にパジャマのズボンとパンツをずり下ろされ、ペニスをしゃぶられては、込み上げる淫気に抗えなくなる。

「詠美さんのエッチな声が、隣の部屋に聞こえちゃうかもしれないですよ？」

「やぁん……そんなこと言われたら、ますますしたくなっちゃう」

どうやら詠美は、姉たちの前で潮吹きアクメ姿を晒してしまったことにより、自分の恥ずかしい行為を他人に見られたり、聞かれたりすることに、悦びを見出してしまったようだった。詠美は一時間近くも、和哉の太マラに喘ぎまくった。

四姉妹の両親が山荘に泊まったのは、その一晩だけだった。

吹雪がなければ、もっと早く山荘に来られていて、二、三日はゆっくりできたのだとか。しかし、吹雪のせいで予定がずれ込んでしまい、一泊しかできなくなったのだそうだ。

両親と同居している恵とその家族も、一緒に帰るという。

翌日の昼食後。町園家の人々はリビングとダイニングに分かれて、それぞれくつろいでいた。今日で帰る者たちは、もう出発の準備も終えていて、すでにタクシーの手配も済んでいるそうだ。

承子は子供たちにスキーを教えるため、もうしばらく泊まっていくと言っている。

子供たちは、スキーにはあまり興味がないが、小学校が春休みに入っているので急いで帰る必要もないし、口うるさいお祖母ちゃんもいなくなるので、承子のスキー教室に付き合う気になったという。

絵里とその夫も、もう一晩泊まることにして、バカンス気分でイチャイチャしていた。性生活に食い違いがあっても、基本的には仲良し夫婦のようである。

詠美もせっかく来たのだからと、あと二日、三日は泊まっていって、新作の漫画のアイデアを練るつもりだそうだ。彼氏役は無事に果たしたが、和哉もそれに付き合うことにした。

リビングの団欒に交じった和哉は、仲良くなった承子の子供たちとスマホのゲームで遊んでいた。と、そこに承子が声をかけてくる。「和哉くん、ちょっと来てくれる？　手伝ってほしいことがあるのよ」

承子に連れられてリビングを出ると、彼女は声を潜めて言った。「手伝ってほしいことがあるっていうのは嘘よ。和哉くんたちの部屋で待っている人がいるから、すぐに行ってあげて」

和哉が自室に戻ると、ベッドの端に恵が腰掛けていた。

「どうしたんですか。僕になにか用でも……？」

恵は和哉を見て、にこっと微笑む。「もうすぐお別れでしょう？　その前にもう一度、あなたとお話がしたかったんです」

「そうでしたか……」

和哉にも、言いたいことはあった。これでお別れにはしたくない。いつかまた会いたい。でも言えなかった。

自分は平凡なただの学生で、彼女はお金持ちの人妻。住む世界が違いすぎる。

五十過ぎだという恵の夫は、背が高く、顔立ちも男前で、白髪交じりの髪の毛はふさふさ――未成年の女を愛人に囲うような助平オヤジにはまったく見えないナイスミドルで、それも和哉の劣等感を煽った。

和哉が黙っていると、恵は「……いえ、違うんです」と、首を横に振る。

「ごめんなさい。私が本当にしたいのは、お話じゃなくて――」

おもむろに恵は立ち上がり、スカートをたくし上げた。

すねから膝、ムッチリした太腿が露わとなり、さらに草叢に覆われた恥丘まで――

恵はパンティを穿いていなかった。

「め、恵さん⁉」

「最後に、もう一度だけ抱いてほしいんです。脱いでいる時間はないので、このまま入れてください」

美貌を真っ赤に染め上げ、恥ずかしそうにノーパン姿を披露する恵。

情欲を昂ぶらせた和哉は、すぐにズボンとボクサーパンツを膝まで下ろす。ペニスはたちどころに勃起した。

恵の肉溝を指でなぞると、浸み出した女蜜でしっとりと潤っていた。

「あなたに抱かれることを考えて待っていたら、それだけでもうこんなに濡れてしまいました。さあ、どうぞ」

恵は部屋の壁に背中を預けた。和哉は鼻息を荒らげ、向かい合って挿入する。

慣れない対面立位では、激しいピストンはできなかった。しかし、吸盤の如く吸いついてくる粒々の襞肉は、たどたどしいストロークでも極上の愉悦でペニスの先端を包んでくれた。

「くうぅ」と和哉が呻くと、恵は嬉しそうに微笑む。

名器の肉壺にペニスを繰り出しながら、和哉は言った。「ぼ、僕……恵さんの昔の彼氏に似ていて良かったです。おかげで恵さんが夜這いをしてくれて、一生の思い出になる初体験ができました」

あなたのことはいつまでも忘れません——その思いで、和哉は恵を見つめる。

恵は、潤んだ瞳で真っ直ぐに見つめ返してきた。

そして、愉悦の媚声混じりに囁いてくる。「私、これまで、ときどき東京の承子の家に遊びに行っていたんです。でも……あう、う、うっ……これからは、ときどきじゃなくて、月に一度は行きたいと思っています」

キュウッと、膣路が甘えるようにペニスを締めつけてきた。

「そのときは、会いに行ってもいいですか？　昔の恋人に似ている人ではなく、あなたに、寺西和哉さんに……」

「え……」と、和哉は目を見開く。

恵の切れ長の瞳には、和哉の顔がはっきりと映っていた。

「ええ……ええ、もちろん……待ってます……！」

和哉は歓びに腰を躍らせる。そして、たちまち高まっていった。

このままでは自分一人で果ててしまう。和哉は自身の右手の中指を咥えて、唾液でぬめらせ、それを恵の肛門へズブッと差し込んだ。小刻みに抜き差ししては、肛穴の縁をねじるように回転させたりした。

「あっ、ああーっ、ダメです、私っ……か、和哉さんだけイッてくれれば、それで良かったのにぃ……！　あはぁ、あうぅ、イッちゃいます、イクぅぅぅ!!」

二穴責めに昂ぶり、恵は膝をガクガクと震わせて昇り詰める。

和哉は熟臀を鷲づかみにして女体を支えつつ、自らも限界を迎え、戦慄く肉壺に勢いよく射精した。「出ます、ああっ、ウーッ!!」

その後、二人はしばし絶頂の余韻に喘ぎ続ける。

恵が和哉の首に両腕を巻きつける。そして唇を重ね、舌を潜り込ませてきた。

部屋の外、おそらくは玄関の方から、恵を呼ぶ声が聞こえてくる。彼女の夫だ。おーい、恵、タクシーが来たぞぉと。

しかし恵は、まだ唇を離そうとはしなかった。

和哉は彼女の腰を力強く抱き締め、甘いキスの味に心から酔いしれるのだった。


（了）

※本作品はフィクションです。作品内に登場する
団体、人物、地域等は実在のものとは関係ありません。

ハーレムは閉《と》ざされた山荘《さんそう》に

〈書き下ろし長編官能小説〉

2024年2月12日初版第一刷発行

著者……………………………………………九坂久太郎

デザイン………………………………………小林厚二

発行…………………………………………株式会社竹書房

〒102-0075　東京都千代田区三番町8-1

三番町東急ビル6F

email：info@takeshobo.co.jp

竹書房ホームページ……https://www.takeshobo.co.jp

印刷所……………………………中央精版印刷株式会社

■定価はカバーに表示してあります。

■落丁・乱丁があった場合は、furyo@takeshobo.co.jp までメールにてお問い合わせください。

© Kyutaro Kusaka 2024 Printed in Japan